periplaneta

NICOLAS SCHMIDT: „Dem Herrn Schmied sein Tagebuch“

1. Auflage, Juli 2013, Periplaneta Berlin, Edition MundWerk

Inh. Marion Alexa Müller, Postfach: 580 664, 10415 Berlin
www.periplaneta.com

Lektorat: Marion A. Müller
Satz & Layout: Thomas Manegold
Musik-Aufnahmen und Abmischung: Andreas Albrecht (www.andreasalbrecht.com)
Text-Aufnahmen und Master: Thomas Manegold

Druck & Bindung: META Systems, Wustermark, Deutschland
Gedruckt auf FSC- und PEFC-zertifiziertem Werkdruckpapier

print ISBN: 978-3-943876-57-4

Nicolas Schmidt

Dem Herrn Schmied sein Tagebuch

periplaneta

Ruhe bitte!

Eigentlich sehne ich mich nach nichts anderem als einem kleinen bisschen Stille. ___

Mein gesamtes Leben ist geprägt von endlosem Gequassel. Begonnen hat das schon bei meiner Geburt. Mein Großvater schlug ob meiner zierlichen Körpergröße von gerade mal 45 cm die Hände überm Kopf zusammen und stotterte nur: „O Gott, wie schrecklich."
Meine Eltern hingegen fingen an, das Pro und Kontra meiner potentiellen späteren Kleinwüchsigkeit auszuloten. Einerseits würde ich lebenslang gehänselt werden, andererseits wäre ich dadurch auch was Besonderes und könnte dies vielleicht auch beruflich nutzen. Einerseits würde es schwierig für mich werden, eine passende Partnerin zu finden, andererseits hätte ich damit dann auch genügend Zeit, andere Talente zu entwickeln.
Weiter ging's im Verhältnis zu meinem kleinen Bruder: Anstatt uns wie ordentliche Brüder gegenseitig aufs Maul zu hauen, quasselten wir stundenlang – nur um uns darüber in die Haare zu kriegen und uns anschließend doch gegenseitig aufs Maul zu hauen, weil wir vom ewigen Gelaber körperlich unausgelastet waren.
Und dann im Fußballverein: Nur Spiel, Körper, Bewegung,

Ästhetik. Dachte ich zumindest. Und was passiert?
Wir bekommen einen Trainer, bei dem nicht nur die Mannschaftsbesprechungen vorher und die Spielanalysen danach doppelt so lang dauern wie der Kick selbst, sondern der uns auch währenddessen vom Spielfeldrand aus permanent Anweisungen, Schimpftiraden und Lobeshymnen in die kleinen Gehörgänge schickt, so dass Fußball für mich bis heute mehr Theorie als Praxis ist, mehr „Was wäre wenn"-Diskussionen und Taktikanalysen, als das Ding einfach mal in den Kasten zu donnern und die Wucht dieses Erlebnisses zu spüren und auszukosten.
Mit Schweigen kam ich auch in der Schule nicht weit. Meistens wollte ich einfach nur friedlich mit meinen Puppen vor mich hinspielen. Meiner Lehrerin aber gefiel das gar nicht, und in meinem Zeugnis stand (Zitat): *„Er ist ein höflicher, wenngleich etwas merkwürdiger Junge, der sich weigert, sich intellektuell und verbal mit seiner Umwelt auseinanderzusetzen. Aber das wird er schon noch lernen."* (Zitat Ende)
Je älter ich wurde, desto mehr lernte ich, wie wichtig es war, bei allem mitreden zu können, zu allem eine Meinung zu haben, alles argumentativ rechtfertigen zu können, alles zu kommentieren, endlose zermürbende Rededuelle zu genießen und alles benennen können zu müssen. Rilke blieb mir fremd:

Ich fürchte mich so vor der Menschen Wort.
Sie sprechen alles so deutlich aus:
Und dieses heißt Hund und jenes heißt Haus,

und hier ist Beginn und das Ende ist dort.
Ich will immer warnen und wehren: Bleibt fern.
Die Dinge singen hör ich so gern.
Ihr rührt sie an: Sie sind starr und stumm.
Ihr bringt mir alle die Dinge um.

Im Gymnasium lernte ich dann, dass man mit Wortgewalt über fehlendes Verständnis hinwegtäuschen kann. Gutes Argument 1 Punkt, gute Intuition 0 Punkte. Für eine solide, aber herz- und hirnlos aufs Papier geschmierte Arbeit mit Pro & Kontra & Synthese 'ne 3+, für die Bemerkung, dass ich gestern wichtigere Dinge im Kopf gehabt hatte, als die Deutsch-Hausaufgabe zu machen, 'ne Strafarbeit und 'n Verweis wegen Frechheit.
Ich verstand, dass alle Wirrungen meiner pubertären Existenz in jedem einigermaßen fundierten Werk über Entwicklungspsychologie nachles- und somit erklärbar waren.
Gut gewählte Worte machten mir Gefühle verständlich, sie lösten analytisch durchdacht Probleme, und sie führten mich uninspiriert zum Abitur.
Auf der Uni wurde alles noch schlimmer: endlose, vor sich hingequasselte Referate in ausgetrockneten Seminaren. Die meisten Seminarteilnehmer und Seminarteilnehmerinnen waren mit den Gedanken sonstwo, verzweifelten still an der Ödnis der Welt, kämpften mit dem Schlaf oder schauten betreten zu Boden und schwiegen, weil sie dachten, das gehört so mit dem Gequassel oder weil sie selbst noch an die Reihe kommen würden und auch nicht kritisiert werden wollten für ihren verbalen

Terroranschlag. Ein Stillhalteabkommen sozusagen.
Meine ersten Beziehungen sind auch an diesem Quasselzwang gescheitert, an meinem zumindest. Alles analysieren, durch den Kopffilter laufen lassen, problematisieren, erörtern, durch die Wortmaschine drehen, von einer anderen Perspektive aus beleuchten, noch mal aufrollen, neu bewerten, nachdenken, die Vorgeschichte mit einbeziehen, die Zukunft ausmalen, neue Aspekte berücksichtigen – und komisch, plötzlich war das Gefühl weg.
Und wenn jemand gefragt hat: „Na? Wie geht's?", konnte ich immer nur sagen: „Bassd scho." Und eine Menge Gründe auflisten, warum alles gescheitert ist. Gespürt aber hab ich gar nichts.
Und jetzt wieder in der Schule, diesmal auf der anderen Seite. Getrimmt aufs Denken, Argumentieren, Formulieren, Funktionieren, Bewerten und Bewertet werden, weiß ich zwar, wie ich komplexe Vorgänge nachvollziehbar erklären kann, aber trotzdem hör ich am Ende meist nur zwei Fragen: „Krieg ich da 'ne Note drauf?" und: „Kommt das in der Schulaufgabe dran?"
Wenn ich meine alt werdenden Eltern besuche und merke, wie sie alles, was sie sehen, denken und fühlen, sofort in Worte ummünzen, wie liebevoll verhakt sie in ihrem endlosen Gequassel stecken, wie sie sich permanent gegenseitig unterbrechen und widersprechen und das Gegenteil von dem behaupten, was der andere sagt, und wenn der andere zustimmt, dann gleich wieder das Gegenteil vom Gegenteil behaupten, weil: Sonst wär ja mal Stille.

Ja, wenn ich das merke, dann spüre ich vor lauter Grundrauschen erstmal gar nichts, und wenn ich mich davon erholt habe, dann möchte ich sie einfach nur umarmen, um der Liebe, die uns umfängt, die Ruhe zu geben, die sie braucht ...

Ich weiß natürlich, dass Reden nicht per se schädlich ist und was für ein Elend das Schweigen in der Welt geschaffen hat. Wie viele Menschen würden sich nichts sehnlicher wünschen, als mit ihren Eltern, Geschwistern, Partnern und Freunden ernsthaft ins Gespräch zu kommen. Manchmal helfen Worte, sich verständlich zu machen, komplexe Sachverhalte zu durchleuchten, Probleme zu lösen, Spannungen zu entschärfen und neue Wege zu beschreiten.
Andererseits aber lösen sich viele Dinge von selbst, wenn man sie in Ruhe lässt. Und das hab ich eben jetzt gelernt: Dass man nicht über alles reden muss, dass weniger manchmal mehr ist, dass ich nicht alles in Worte packen muss, dass Schweigen bisweilen mehr ausdruckt als alles, was man sagen kann, dass durch das viele Reden über Gefühle das Gefühl selbst abhandenkommen kann, dass man vor lauter Erklärungen gar nichts mehr spürt, auch wenn diese Erklärungen eigentlich ganz gut sind, und dass es wichtig ist, den Zeitpunkt zu finden, an dem man aufhören sollte zu reden ...

12 Minuten

Fuck. Fünf vor acht. Scheißzeit. Mitten in der Nacht.
„Guten Morgen, Herr Schmied."
„Hm."
„Hallo Herr Schmied."
„Herr Schmied?"
„Komm geh' weiter."
„Schrei'm wir heut 'ne Ex?"
„Ja klar."
„Geil."
„Haste wohl gelernt?"
„Nö. Das kann ich doch eh."
„Klugscheißer."
„Herr Schmied, könn' Se mal schau'n, ob die Frau Herzing im Lehrerzimmer ist?"
„Wer bitte?"
„Die Frau Herzing."
„Kenn ich nicht. Äh, meinst du die Frau Harzer?"
„Hab ich doch gesagt."
„Hast du gar nicht."
„Doch."
„Hör auf jetzt!" – *So, schnell 'n Kaffee. Fuck, noch zwei Minuten, dann geht's los. Ah Scheiße, ne Schlange. Können die nicht früher 'n*

Kaffee holen? „Hört mal, kann ich mich da mal vordrängeln?"
„Wieso?"
„Na, weil ich 'n Kaffee brauch."
„Aber wir doch auch."
„Ach geh. – Ach äh, Max, schaust du bitte grad mal, ob ich auf dem Vertretungsplan steh?"
„Nee, die geben dir keine Klassen mehr. Dein Unterricht ist scheiße."
„Nee, sag mal echt."
„Ja, 5. und 6. Stunde bist du in der 8c."
„Ja fuck, bei den Arschlöchern. Naja."
„Hey Schmiedi, schau mal, der Heiko ist jetzt Oberstudienrat, steht hier. Da wartet der doch schon seit Jahren drauf! Oberstudienrat, wie des schon klingt! Voll alt und fertig! Alles Spießer, sag ich dir, alles Spießer, Schmiedi!"
„Ich bin auch Oberstudienrat."
„Naja, bei dir ist des was anderes."
„Ja klar, danke, bassd scho."
„Herr Schmied, kurz noch, haben Sie die Teilzeiterklärung schon unterschrieben?"
„Die was?"
„Ihre Teilzeiterklärung. Sie wollten doch ein paar Stunden reduzieren und deshalb gestern zu mir ins Sekretariat kommen."
„Stimmt. Fuck. Ja, sorry. Ich komm in der Pause."
„Hey Schmiedi, da ist jemand für dich an der Tür."
„Kei' Zeit."
„Der hat aber gesagt, es ist dringend."
„Isser klein, dick, rote Haare?"

„Ja."
„Dann schick ihn weg und sag ihm, er soll nie wieder kommen."
„Hä?"
„Spaß, sag ihm, er soll nach der Schule um eins kommen."
„Okee."
„Danke." *Fuck, jetzt gongt's schon. Na, die Deppen können auch fünf Minuten ohne mich auskommen.* „Du Anja, ist der Kopierer frei?"
„Nee, der ist kaputt."
Shit. Was mach ich denn jetzt? Na wurscht, ich diktier's denen.
„Du Schmiedi, der dicke Rothaarige ist immer noch da."
„Was will er denn?"
„Der sagt, ihm ist schlecht."
„Und wie er des sagt, da moanst des is echt ..."
„Hä?"
„Kennst net? Spider Murphy Gang, Zwoa Zigaretten."
„Was?"
„Ach vergiss es."
„Was mach'mer denn jetzt, wenn dem schlecht ist?"
„Komm, mir ist auch schlecht."
„Ja aber du sollst ihm 'ne Befreiung unterschreiben."
„Das kann er doch im Sekretariat machen."
„Ja, aber da will er nicht hin."
„Warum denn nicht?"
„Weil er die Frau Krummbiegel doof findet."
„Ja scheiße, der soll sich net so hamm."
„Ja und jetzt?"
„Keine Ahnung. Unterschreib du doch."

„Nee, ich darf nicht. Darf nur der Klassenleiter oder das Direktorat."
„Jetzt hör halt auf, du Spießer."
„Ja du hast gut reden, ja? Du bist Studienrat ..."
„Oberstudienrat bitte ..."
„Ja leck mich, Oberwichser."
„Hey hey, jetzt bleib mal am Boden, war doch nur 'n Spaß."
„Spaß Spaß, seit fünf Minuten müsst ich in der Klasse sein. Und was mach ich? Ich kümmer mich um deinen kleinen fetten Albino."
„Das ist nicht mein kleiner fetter Albino, außerdem ist der gar kein Albino, und außerdem müsst ich auch schon längst in meiner Klasse sein. Und Shit, mein Kaffee ist auch kalt. Danke Martin."
„Fuck you."
Scheiße, wo is'n jetzt meine Tasche? „Du Petra, steht bei dir vorne meine Schultasche?"
„Was?"
„Ob bei dir vorne meine Schulta..."
„Jetzt schrei halt net so rum!"
„Na du hörst mich ja sonst net."
„Sag mal, siehst du nicht, dass ich mich unterhalte?"
„Doch, aber ich wollt doch nur wissen, ob ..."
„Schau halt selbst nach deiner blöden Tasche!"
„Ja fuck!"
„Herr Schmied!"
„Andi, was ist denn?"
„Wo sind Sie denn?"
„Na, was is'n das für ne doofe Frage? Hier bin ich. Außerdem,

Andi, bleibst du bitte vor der Lehrerzimmertür?“
„Aber Herr Schmied ...“
„Herr Schmied, Herr Schmied, Andi, ich hab keine Zeit, ich muss in den Unterricht.“
„Ja eben, Herr Schmied, zu uns. Wir suchen Sie ja.“
„Hä? Ich muss doch in die 9a. Hey Patrick, hat sich der Stundenplan geändert?“
„Keine Ahnung.“
„Ja wie keine Ahnung, du musst doch wissen, ob sich für dich der Stundenplan geändert hat.“
„Keine Ahnung.“
„Ja leck mich doch. Äh, Andi, ich muss da jetzt mal nachschauen. Geh mal zurück in die Klasse und sag, da kommt gleich jemand, entweder ich oder ... äh, jemand anders.“
„Okay. Und Herr Schmied ...“
„Was ist denn noch, Andi?“
„Ich hab meine Hausaufgaben gema...“
„Ja, bassd scho, Andi, ich weiß.“ – *Fuck, das Telefon.* „Äh, guten Morgen, staatliches Gymnasium, Lehrerzimmer, Oberstudienrat Schmidt am Apparat, was kann ich für Sie tun? ... Ja, äh, nein, äh, ich schau mal, Moment bitte ...“ *Fuck, auch das noch.* „Du Florian, hast du die Frau Hahn gesehen?“
„Wen?“
„Die Frau Hahn!“
„Nee, tut mir leid, aber Schmiddi, du musst echt lauter reden, ich hab da seit 'nem halben Jahr 'n Tinitus auf'm linken Ohr, und der ist so laut, dass ich jedes Mal den ganzen Kopf drehen ...“

„Du Flo, sorry wegen deinem Tinitus, aber ich hab da grad jemand am Telefon und muss eigentlich schon längst im Unterricht sein. – Äh, hallo … hallo? Sind Sie noch dran? Hallo? Hör'n Sie, die Frau Hahn ist grad nicht da, könnten Sie später noch mal anrufen? … Ja … ja … in der 1. Pause … Halb zehn bis dreiviertel zehn … halb zehn … nicht neun … äh, ja gut … kann ich machen, was soll ich draufschreiben? … Ähim, okee, ja, Frau wer? Ortizewitsch? Wie schreibt sich das denn? Ja, okee, O r t i c z i … i oder e? Indien oder Emil? … Ja, okee, aha, okee, gut. … Bitte schön." *O Mann!*

„Hey Schmiddi, wir wollten doch über'n Termin reden wegen dem AK Schweigekreis und …"

„Du Bernd, sei mir net bös, aber ich hab grad echt keine Zeit. Ach, aber Bernd, könntest du mir grad noch die eine Englisch-Schulaufgabe ins Fach legen?"

„Welche Englisch-Schulaufgabe?"

„Na, die von der 7d."

„Die hab ich doch gar nicht."

„Du hast mir doch gestern gesagt, dass …"

„7e hab ich gesagt, Emil."

„Äh okay, dann vergiss es." *So gut, auf geht's jetz, wird auch Zeit.*

„Ach, Herr Schmidt, guten Morgen."

„Äh, guten Morgen, Herr Reiser."

„Herr Schmidt, könnten Sie zur Beurteilungsbesprechung in mein Büro kommen?"

„Nein, Herr Reiser, das geht gerade leider nicht, weil ich nämlich Unterricht habe."

„Unterricht? Was machen Sie dann hier im Lehrerzimmer? Schauen Sie mal auf die Uhr. Was tun Sie eigentlich die ganze Zeit?"
„Weiß ich auch nicht, Herr Reiser. Aber ich muss jetzt mal ..."

Fly Like an Eagle

Aah, die letzten Tropfen Stille, die Ruhe vor dem Tsunami. Doch da schwappt er schon aus dem Klassenzimmer heraus, durch den Flur, die Treppe herunter und mir mitten ins Gesicht.

„Herr Schmied, der Jonas hat vorhin so getan, als würde er die Lena hauen, und die ist dann voll auf mich drauf und jetzt tut mir die Schulter weh."
„Herr Schmied, ich hab die Hausaufgaben gemacht."
„Herr Schmied, mein Turnbeutel ist weg."
„Kinder, bitte jetzt, wir haben doch ausgemacht, ihr bleibt im Klassenzimmer, ich komm rein, wir begrüßen uns, und dann könnt ihr euch melden, wenn's was gibt."
„Aber ..."
„Nix aber!" *Scheiße, hoffentlich kommt heute der Chef nicht vorbei. Der wollte doch irgendwann die Woche ... naja, mal schauen.* „Okay, good morning, boys and girls."
„Good morning, Sir!"
„Okay, sit down please."
„Herr Schmied, der Nils haut mich dauernd in den Rücken."
„Gar nicht. Und dafür hast du meine Stifte absichtlich runtergeschmissen."
„Stimmt gar nicht."

„Okay, jetzt entschuldigt ihr euch beim anderen, und dann ist die Sache erledigt."
„Tschuldigung."
„Tschuldigung."
„Herr Schmied, der Dominik kippelt die ganze Zeit mit dem Stuhl!"
„Dominik hörst du bitte mit dem Kippeln auf? Aber Vanessa, ich will auch nicht, dass du petzt! ... Tim, hörst du bitte auf zu quatschen!"
„Ich hab doch gar nichts gesagt!"
„Hast du sehr wohl, ich bin doch nicht taub. Und außerdem: Kannst du mir bitte sagen, warum deine Finger so blau sind?"
„Ich hab 'ne Füllerpatrone gefunden."
„Äh wie, 'ne volle?"
„Nee, jetzt isse leer."
„Dann schmeiß sie bitte weg."
„Jetzt?"
„Nee, später, das stört jetzt."
„Aber meine Hände sind ganz verschmiert!"
„Also gut, mach schon."
„Herr Schmied, ich kann mich heute gar nicht auf den Unterricht konzentrieren, mein Meerschweinchen ist gestern gestorben."
„Hm, voll blöd. Tut mir wirklich leid, Carolin."
„Ja, aber ist schon gar nicht mehr so schlimm, ich hab ja noch zwei andere."
„Na, dann ist doch gut."
„Herr Schmied, mir tut die Schulter immer noch voll weh wegen dem Jonas vorhin."

„Jonas, war das Absicht?“
„Was? Was?!“
„Herr Schmied, können wir jetzt mit Englisch weitermachen?“
„Na, *ihr* haltet mich ja die ganze Zeit auf! Okay, please open your books on pa...“
„Herr Schmied, ich muss aufs Klo.“
„Es war doch grad Pause!“
„Ja, aber trotzdem.“
„Hast du ein Attest wegen Blasenbeschwerden?“
„Ein was?“
„Ach, vergiss es ... Now please do exercise 4 on page 17.“
„Hä? Welche Aufgabe?“
„Die 4!“
„Und was war das für 'ne Seite?“
„Die 70!“
„Nein, die 17!!!“
„Herr Schmied, ich versteh des net!“
„Was denn?“
„Alles.“
„Du musst halt besser aufpassen!“
„Tu ich doch!“
„Du schwätzt doch die ganze Zeit mit der Anna.“
„Ich hab ihr doch nur gesagt, dass ...“
„Du hast ihr gar nix zu sagen! Hier vorn spielt die Musik!“
„Au ja, Herr Schmied, singen wir heute nochmal das Lied ...“
„Klappe jetzt! Bitte.“
„*Klappe* ist ganz schön unfreundlich, Herr Schmied.“

„Ich hab doch *bitte* gesagt."
„Trotzdem, des is fei Mobbing!"
„Okay, Entschuldigung."
„Herr Schmied!"
„Ja, was ist denn, Jana?"
„Ich bin in der Grundschule so arg von den Jungs gemobbt worden, dass ich immer Kopfweh hatte."
„Herr Schmied, ich bin noch nie gemobbt worden."
„Kömmer nachholen."
„Was?"
„Ach nix."
„Herr Schmied, was is'n Mobbing?"
„So, Schluss jetzt, und weiter: What is your favourite animal?"
Junge, jetzt kommt bestimmt wieder Meerschweinchen oder Hamster oder Zwerghase oder Kanarienvogel oder sowas. Straßenköter oder Mäusebussard wär doch viel cooler, da schwebst du voll über den Dingen ...
„Herr Schmied, ich find meinen Fahrradschlüssel nicht mehr."
„Und was hängt dir da um den Hals?"
„Öh, ja, stimmt, da isser."
„Okay, what can you see in the picture?"
„Herr Schmied, ich hab irgendwie Bauchweh!"
„Is arg schlimm?"
„Weiß nicht."
„Hältst du's aus bis Ende der Stunde?"
„Weiß nicht."
„Äh ja, dann schau halt mal ... Okay, please write down the

answers into your exercise books."
„Gibt's da ne Note drauf?"
„Nö."
„Och schade."
„So please open your exercise book and write ..."
„Wie viele Zeilen brauchen wir?"
„Weiß noch nicht, vielleicht 10 oder 15?"
„Wenn die Seite unten voll ist, kann ich dann auf der nächsten Seite weiterschreiben?"
„Ja klar ... Okay, please write ..."
„Kann ich auch einen grünen Stift nehmen?"
„Ja, kannst du."
„Und einen roten?"
„Nein, das ist meine Farbe."
„Warum?"
„Hör auf jetzt... Okay, please write: Sarah and her friend Kim ..."
„Die heißt doch gar nicht Kim."
„Ist doch egal jetzt!"
„Die heißt aber Jenny!"
„Schluss jetzt! Also: They spend every weekend with Sarah's grandparents ..."
„Herr Schmied, ich war auch letztes Wochenende bei meiner Oma und ..."
„Jetzt reicht's, verdammte Scheiße, Mannomann!"
„Herr Schmied, es hat geklopft."
„Es ist doch zum Kotzen. Wer zum Teufel ... ah, der Herr

Oberstudiendirektor."
„Herr Schmidt, darf ich mich zu Ihnen ..."
„Reinkommen, hinsetzen, Maul halten!"
„Aber Herr Schmidt, was ist denn das für ein Ton?"
„Sehen Sie, Herr Reiser, ich setze doch nur um, was in Ihrem Lieblingsbuch *Lob der Disziplin* gefordert wird, nämlich Klarheit! Struktur! Und Autorität! Haben wir uns verstanden?! ... Also Kinder, wer jetzt noch redet, ohne dass er gefragt wurde, kriegt eine gescheuert."
„Herr Schmied, das dürfen Sie gar nicht!"
„Das wirst du gleich sehen, du Giftzwerg!"
„Das sag ich meinem Papa!"
„Na, den Lutscher mach ich auch noch fertig, das versprech ich dir."
„Herr Schmied, ich hab Durst, darf ich meine Wasserflasche auffüllen?"
„Hör mal zu, du Wasserkopf, ich ... – Ja, was ist denn, Alexander?"
„Darf ich nachher mein Pausenbrot mit in die Pause nehmen?"
„Bitte?"
„Ob ich mein Pausenbrot ...?"
„Ich sag dir jetzt mal eins, du Pfeife, noch so eine dämliche Frage und ich melde dich eigenhändig an der Sonderschule in Büchenbach an!"
„Da gibt's doch gar keine Sonderschule!"
„Jetzt hört mal gut zu, ihr kleinen Wichser. Wer jetzt noch einen Mucks macht, fliegt raus!" ... *Genau, raus hier und wegfliegen*

und über den Dingen schweben. Juuuuuuu …. , hoch in die Luft und ab geht's, wie die da draußen, die haben ihre Ruhe. Wie klar die Luft da oben sein muss und wie frisch und wie der Himmel leuchtet …

„Herr Schmied, Sie haben mir meine Frage noch nicht beantwortet."

„Bitte?"

„What is your favourite animal?"

„An eagle."

„Ein Igel?"

„Nein, ein Adler!"

„Und warum?"

„Na, das könnt ihr euch mal als Hausaufgabe bis morgen überlegen! Und wisst ihr was? Ich freu mich darauf, euch morgen wiederzusehen."

„Ich freu mich auch auf Sie, Herr Schmied. Sie sind mein Lieblingslehrer!"

„Goodbye, boys and girls."

„Goodbye, Mr. Schmied."

Scheiß auf Gerechtigkeit

Ich hab 'n Freund, und der heißt Steffen, und der hat reiche Eltern, und die sind seit 40 Jahren glücklich verheiratet. Ich hab noch 'n anderen Freund, und der heißt Harald, und dem seine Eltern hatten nie Kohle. Der Vater hat sich drei Wochen nach seiner Geburt aus dem Staub gemacht, die Mutter ist Alkoholikerin geworden. *Das ist doch nicht gerecht!*
Auf der anderen Seite hat Steffens reiche Mutter jetzt Krebs, und der Vater hat gesagt, er scheißt auf das ganze Geld. Da hat sich der Harald wiederum gedacht: ‚*Das ist doch nicht gerecht!* Ich arbeite Tag und Nacht, um mir dieses Scheiß-Studium zu finanzieren, und der Alte vom Steffen schwimmt in der Kohle und braucht sie nicht. Na gut, dafür ist meine Mutter gesund, obwohl, so gesund auch wieder nicht. Aber vielleicht ist 'ne krebskranke Mutter besser als 'ne nervige Alki-Mutter, aber das ist jetzt natürlich voll ungerecht, na ja, was soll's!'
Der arme Harald sieht besser aus als der reiche Steffen, dafür hat der Steffen die hübschere Freundin. *Das ist doch nicht gerecht!* Aber ich kenne Männer, die haben überhaupt keine Freundin, die wären froh, wenn sie wenigstens 'ne hässliche Freundin hätten. Das klingt zwar nicht so schön, hat aber zusätzlich den Vorteil, dass diese Beziehungen sehr stabil sind, da die hässlichen Mädchen von keinem anderen Mann begehrt werden

– anders als bei hübschen Mädchen, denen jeder Depp auf den Arsch schaut, und bei denen du ständig Angst haben musst, dass sie dich verlassen. So geht's eben auch dem Steffen mit seiner hübschen Freundin Kathrin. Sie hat sich schon vier Mal von ihm getrennt und jeweils ein paar Wochen später wieder mit ihm versöhnt. Der Harald hingegen führt seit zwei Jahren eine sehr harmonische Beziehung mit seiner nicht ganz so hübschen Freundin Heike. Neulich hat der Steffen gesagt: „Junge, ich hab seit drei Jahren frauentechnisch Dauerstress, und der Harald schiebt da 'ne ruhige Kugel. *Das ist doch nicht gerecht!*"
Aber: Dafür wohnt Haralds Freundin Heike 50 Kilometer weit weg, und der Harald muss da jedes Mal 'ne Stunde hinfahren, während Steffens Freundin Kathrin grad mal um's Eck wohnt, drei Minuten Fußweg. *Das ist doch nicht gerecht!*
Die Kathrin jobbt im Sommer immer als Aushilfe in der Firma von Steffens Vater. Der hat ihr nicht nur den Job besorgt, sondern sie kriegt auch noch 13,50 € pro Stunde, was 'n Hammer Stundenlohn für den Scheißjob ist. *„Das ist doch nicht gerecht!"*, hat die Heike neulich gesagt. Sie hat nämlich einen ähnlichen Job und bekommt nur 8,70 € pro Stunde. Wobei man fairerweise anfügen muss, dass die Kathrin ihre Fahrtkosten zur Firma selbst bezahlen muss, während die Heike ihre voll ersetzt bekommt. *„Das ist doch nicht gerecht!"*, hat Kathrin neulich gesagt. Zudem fühlt sie sich, anders als die unterbezahlte Heike, die total nette Arbeitskollegen hat, in der Firma nicht so wohl. Die Atmosphäre ist kacke, der Chef reißt dauernd dämliche Sprüche, und manchmal fragt sich die schöne Kathrin, ob es das

viele Geld wert ist. Andererseits ist sie schon froh, so viel zu verdienen. Und außerdem, wenn sie sich ihren Chef anschaut: Der verdient bestimmt zehn Mal so viel wie sie. Dafür hat er aber auch ein beschissenes Leben. Sieben Tage die Woche in der Firma, keine Zeit für Freunde, geschweige denn eine Beziehung, keine Zeit, dieses ganze Geld auszugeben. Neulich hat der mal zur Kathrin gesagt: „Manchmal beneide ich den Steffen und dich." Als der Steffen das gehört hat, hat er zu mir gesagt: „Der soll sich mal beschweren, 'n Haufen Kohle und keine nervige Freundin am Hals. Manchmal denk ich mir, es wäre besser, solo zu sein." Als der Harald gehört hat, was der Steffen gesagt hat, hat er zu mir gesagt: „Der Steffen hat so 'ne hübsche Freundin und meckert die ganze Zeit rum. *Das ist doch nicht gerecht!*" Da hab ich ihm dann gesagt: „So hässlich ist deine Freundin doch auch nicht."
„Ja, aber trotzdem."
Da hab *ich* mir dann gedacht: Ich bin Beamter, verdiene gut und habe 13 Wochen Urlaub im Jahr. „*Das ist doch nicht gerecht!*", finden meine Freunde, die doppelt so viel arbeiten und die Hälfte verdienen. (Ungeachtet dessen, dass es Leute gibt, die noch mehr arbeiten und noch weniger verdienen. Das klammern wir jetzt einfach mal aus. Gerechtigkeit braucht das Ausklammern.) Obwohl ich 'n Haufen Zeit und 'n Haufen Freunde habe, fühle ich mich oft sehr sehr einsam, viel öfter als manche, die die ganze Zeit arbeiten müssen und nur *einen* Freund haben, oder als andere, die überhaupt keinen Job und gar keine Freunde haben. „*Das ist doch nicht gerecht!*", finde ich.

Ich muss mich nie anstrengen, wenn ich Dinge repariere, Sport treibe, Musik mache oder slamme oder koche oder richtig derbe denken muss. „*Das ist doch nicht gerecht!*“, finden dann die Vollspasten unter meinen Freunden, die zu dämlich sind, sich auch nur drei Englisch-Vokabeln am Stück zu merken.
Aber dafür leide ich unter viel mehr Krankheiten, Allergien und körperlichen Gebrechen als all die Linksfüßer, Falschsänger und geistig Umnachteten, nämlich an Polypen, Migräne, Zahnfäule, Grünem, Grauen und Gelbem Star, Neurodermitis, Asthma, Heuschnupfen, Skoliose, Ischias, Hühnerbrust und überdehnbaren Gelenken, weshalb ich mir beim Onanieren regelmäßig die Schulter auskugel. „*Das ist doch nicht gerecht!*“, finde ich. „*Das ist gerecht!*“, finden die.
Passt auf: Ich lerne regelmäßig sehr sehr schöne Frauen kennen. „*Das ist doch nicht gerecht!*“, finden meine Single-Freunde. Mit keiner einzigen dieser sehr sehr schönen Frauen hatte ich in den letzten paar Jahren aber auch nur den Hauch einer Beziehung. „*Das ist doch nicht gerecht!*“, finde ich.
Jaja, jetzt wart mal, mein Lieber, wo liegt'n deiner Meinung nach die Wahrheit? Wahrscheinlich in der Mitte, oder?
Nein, mein Freund, sie schlägt hier drinnen.

Flücht ich

Wenn ich mich verlieben will, geh ich runter zur U-Bahn.
Schon auf der Rolltreppe fängt es an: das sanfte Surren der Motoren, die starren, meist nachdenklichen Gesichter, die von unten kommend an mir vorbeiziehen, die schummrigen Neonlichter, die einsetzende stille Fremdheit und angespannte Ruhe.
Unten angekommen setze ich mich auf eine Wartebank, den Blick auf den Boden gerichtet. Ich versuche, Augenkontakt zu vermeiden und bei Misslingen es auf keinen Fall es zu einem Zweitkontakt kommen zu lassen.
Fernes Rauschen und ein leichter Windhauch kündigen die Einfahrt der U-Bahn an. Ich werde langsam nervös. Der Zug fährt ein, bremst, hält an, und nach einem kurzen Moment der Stille öffnen sich die Türen. Jetzt werde ich aktiv.
Konzentriert mustern meine Augen Zugfenster um Zugfenster, auf der Suche nach dem *einen* Blick, der sich in meinem verhakt.
Da!
Überwältigt von der Wucht des Augenblicks, vom Zauber der ersten Begegnung, zugleich aber im Bewusstsein ihrer Flüchtigkeit, des nahenden schmerzhaften Abschieds, konzentriert sich eine zeitlose Intensität, die alles außer uns Liebenden zum Stillstand bringt.
Die Türen schließen sich, der Zug setzt sich in Bewegung, kein

Schmerz, vielmehr Dankbarkeit und Verwirrung, wir müssen beide lächeln, unsere Umarmung löst sich, die Schlusslichter des Zugs verschwinden in der Dunkelheit ... shhhhh ...
und Stille.
Ich schließe die Augen, atme tief durch und gehe beschwingt und mit Schmetterlingen im Bauch nach Hause.
So mach ich das immer.
Neulich aber war plötzlich alles ganz anders. Schon als die Türen sich schlossen, spürte ich weder Dankbarkeit noch Verwirrung, sondern nur blanken Schmerz und die tiefe Sehnsucht, dass dieser Blick nicht unsere letzte Berührung gewesen sein möge.
Getrieben von dieser überraschenden Wallung stieg ich in die nächste U-Bahn und sprang an jeder folgenden Station kurz aus dem Zug, in der naiven Hoffnung, sie würde dort auf mich warten oder zumindest ein Zeichen hinterlassen haben.
An der Endhaltestelle blieb ich einfach sitzen und fuhr die gesamte Strecke nochmal ab, und dann gleich nochmal. Und am nächsten Tag gleich nochmal.
Ich überlegte mir, wo ich sie wohl finden würde, in welchen Cafés, Kneipen und Clubs, Buchläden, Fitness-Studios und Parks, was sie wohl studiert, was sie für ein Auto fährt, wo sie ihre Ferien verbringt, was sie für Geschwister, Eltern und Freunde hat, was für Musik sie hört und was für Bücher sie liest, ob sie grün wählt, ob sie Tagebuch schreibt, ob sie Frühaufsteherin ist ... puh!
Und dann hab ich ein Suchplakat entworfen, hundert Mal

kopiert und überall in der Stadt aufgehängt. Da stehen mein Name und meine Telefonnummer drauf.
Und jetzt kann ich nur noch hoffen und beten, dass sie mich nicht anruft.

Zu zweit an der Front

8 Uhr. Es gongt. Tiefschlaf.

Ich denke mir: ‚Junge, bin ich daneben. 8 Uhr. Horror.'

Ich sage: „Schönen guten Morgen."

Ein bezopftes Mädchen meldet sich schüchtern und will irgendwas von mir.

Ich denke mir: ‚Scheiße, wie heißt'n die jetzt nochmal? Äh, Jenny? Nadine?'

Ich sage: „Was gibt's denn, junge Frau?"

8.10 Uhr. Ein anderes Mädchen kommt rein und schaut mich komisch an.

Ich denke mir: ‚Wie siehst du denn aus? Der Ausschnitt, Alter, und was ist denn das für ein Rock? Kann ich ja froh sein, dass du überhaupt noch was anhast.'

Ich sage: „Na, Nicole, wo kommst du denn her?"

„Tschuldigung, Herr Schmied, ich war voll lange im Stau, ich kann echt nix dafür! Ehrlich."

Ich denke mir: ‚Passt schon. Jetzt bleib mal locker. Bin ja froh, wenn ich nicht selber dauernd 10 Minuten zu spät komm.'

Ich sage: „Ok, Nicole, ich glaub dir das schon, aber bitte bemüh' dich das nächste Mal, vielleicht etwas früher loszufahren. Klar kannst du nicht wissen, ob's da nen Stau gibt. Aber später im Job fragt dich auch keiner, warum du zu spät gekommen

bist. Und pünktlich sein hat außerdem nix mit spießig zu tun."
Ich denke mir: ‚Junge, was für ein pathetischer Quatsch.'
Ich sage: „Äh." Und nach fünfsekündiger Schamverarbeitungspause: „Haben wir uns verstanden, Nicole?"
Ein anderes Mädchen meldet sich: „Herr Schmiiied."
Ich denke mir: ‚Herr Schmiiied, Herr Schmiiied. Das geht mir jetzt langsam echt auf den Senkel. Und dieses Rumgesäusel. Schmidt, Alter, Schmidt, mit dt und ohne ie. Junge, bin ich heute morgen gereizt.'
Ich sage: „Ja, Steffi, was gibt's denn?"
„Ich hab die Hausaufgabe nicht gemacht."
Ich denke mir: ‚Hä? Welche Hausaufgabe?'
Ich sage: „Du Steffi, das ist bestimmt schon das dritte Mal in dem Monat."
Ich denke mir: ‚Hab ich denen überhaupt schon drei Mal 'ne Hausaufgabe gegeben den Monat? Naja, scheißegal. Aber ob du jetzt deine Hausaufgaben machst oder nicht, Junge, ist mir das wurscht. Du schreibst doch eh lauter 2er.'
Ich sage: „Schau mal, wir haben doch 'ne Abmachung. Ich kündige Exen an und frage nicht ab, und ihr macht dafür freiwillig eure Hausaufgaben. Ich halte mich an *meinen* Teil der Abmachung und ihr an *euren*. Wenn das nicht klappt, find ich das ganz schön hart. Das macht mich echt traurig. Wie soll ich denn da noch Unterricht machen?"
Ich denke mir: ‚Jetzt bleib mal am Boden.'
Ich sage: „Könnt ihr das verstehen?"
Betretenes Nicken in der Klasse.

Ich denke mir: ‚Ja ja ja. Nicken, nicken, nix versteht ihr.'
Ich sage: „Okay."
„Herr Schmiiied, was hab ich'n in der Ex?"
„Ne 5+."
„Na toll. Erst loben Sie mich die ganze Zeit und jetzt würgen Sie mir 'n 5er rein. Verarschen kann ich mich selber."
Ich denke mir: ‚Was soll ich denn bitte machen? Ich bin Sklave eines Schulsystems, das nicht primär darauf aus ist, Neugierde und Lebenslust in euch zu wecken, die Veranlagungen, Talente und Interessen von jedem Einzelnen von euch zu entdecken und zur Entfaltung zu bringen, eure Art, eure Gefühle und euer eigenes Tempo zu respektieren und die individuelle Schönheit einer jeden Seele zum Leuchten zu bringen.
Im Gegenteil, ich soll euch die ganze Zeit mit Noten belohnen oder demütigen, bis ihr danach süchtig seid und wie Junkies ständig von mir fordert, dass ich euch Noten auf *jeden* Scheiß geben soll, den ihr in der Schule fabriziert. Ich soll jeden gleichbehandeln und gerecht, wo doch jeder weiß, dass Noten zu einem guten Teil von Zufall und Willkür geprägt sind, es diese Gerechtigkeit also gar nicht geben kann, und wie ich finde, auch nicht geben soll. Denn so muss ich von euch verlangen, dass jeder von euch denselben Stoff (und es heißt nicht umsonst Stoff) zur selben Zeit beherrscht ... ach was „beherrscht" – wiederkäuen kann. Das heißt, ich muss euch behandeln wie Trivialmaschinen im Luhmann'schen Sinne, vorne den Input rein, hinten den plan- und abprüfbaren Output raus.
Jeder von euch weiß doch, dass fast alles, worüber ihr geprüft

werdet, danach wie mit einem Schwamm weggewischt und vergessen wird, um wieder Platz zu machen für den nächsten Stoff. Gut gut, irgendwas wird schon hängen bleiben, irgendwas. Aber das soll Lernen sein? Das kann doch jeder Sonderschüler!
Ich will eine Schule, in der Lehrer und Schüler fröhlich sind, in der Lehrer sich trauen, als Menschen aufzutreten und nicht als Pädagogen, und Schüler sich trauen, Fragen zu stellen und Antworten zu geben, die ihre eigenen sind und nicht die des Lehrers, ich will eine Schule, in der die Lehrer den Schülern zuhören und die Schüler die Lehrer ernstnehmen, eine Schule, in der ohne Angst gelebt und mal *wirklich* was gelernt wird, und zwar nicht *trotz*, sondern *wegen* des Systems. Diese Schule ist keine naive Utopie! Diese Schule ist machbar!‘

Ich sage: „Was soll ich denn bitte machen? Ich bin Sklave eines Schulsystems, das nicht primär darauf aus ist, Neugierde und Lebenslust in euch zu wecken, die Veranlagungen, Talente und Interessen von jedem Einzelnen von euch zu entdecken und zur Entfaltung zu bringen, eure Art, eure Gefühle und euer eigenes Tempo zu respektieren und die individuelle Schönheit einer jeden Seele zum Leuchten zu bringen. Im Gegenteil, ich soll euch die ganze Zeit mit Noten belohnen oder demütigen, bis ihr danach süchtig seid und wie Junkies ständig von mir fordert, dass ich euch Noten auf *jeden* Scheiß geben soll, den ihr in der Schule fabriziert. Ich soll jeden gleichbehandeln und gerecht, wo doch jeder weiß, dass Noten zu einem guten Teil von Zufall und Willkür geprägt sind, es diese Gerechtigkeit also

gar nicht geben kann, und wie ich finde, auch nicht geben soll. Denn so muss ich von euch verlangen, dass jeder von euch denselben Stoff (und es heißt nicht umsonst Stoff) zur selben Zeit beherrscht ... ach was „beherrscht“ - wiederkäuen kann. Das heißt, ich muss euch behandeln wie Trivialmaschinen im Luhmann'schen Sinne, vorne den Input rein, hinten den plan- und abprüfbaren Output raus.
Jeder von euch weiß doch, dass fast alles, worüber ihr geprüft werdet, danach wie mit einem Schwamm weggewischt und vergessen wird, um wieder Platz zu machen für den nächsten Stoff. Gut gut, irgendwas wird schon hängen bleiben, irgendwas. Aber das soll Lernen sein? Das kann doch jeder Sonderschüler!
Ich will eine Schule, in der Lehrer und Schüler fröhlich sind, in der Lehrer sich trauen, als Menschen aufzutreten und nicht als Pädagogen, und Schüler sich trauen, Fragen zu stellen und Antworten zu geben, die ihre eigenen sind und nicht die des Lehrers, ich will eine Schule, in der die Lehrer den Schülern zuhören und die Schüler die Lehrer ernstnehmen, eine Schule, in der ohne Angst gelebt und mal *wirklich* was gelernt wird, und zwar nicht *trotz*, sondern *wegen* des Systems. Diese Schule ist keine naive Utopie! Diese Schule ist machbar!“
„Alter, was geht'n mit dem?"
Ich denke mir: ‚Nee komm, Simon, dein Gelaber kann ich jetzt grad noch brauchen.‘
Ich sage: „Gibt's noch Fragen, Simon?“
Es gongt.
Ich denke mir: ‚Was? Jetzt schon? Was geht'n da? Shit, wieder

nix geschafft.‘
Ich sage: „Ja, äh, also, okee dann, tschüß, bis morgen.“
„Tschüüüß, Herr Schmied.“

Mein Spann ist zu weich für den Beton

Eins

Eine der größten Errungenschaften der westlichen Zivilisation ist der Respekt vor der Selbstverwirklichung des Einzelnen, egal wie bescheuert sich der Einzelne dabei aufführt. Der menschliche Wille ist heilig.

Früher dachte man, dass der Kitt, der kleine und große Menschengruppen zusammenhält, seine Haftwirkung durch den gleichmacherischen Impuls des Herdentriebes erfährt. Der wiederum verlangt danach, jedes abweichende Verhalten zu sanktionieren, mit dem Ziel, die Homogenität der Gruppe zu erhalten bzw. wiederherzustellen.

Inzwischen hat man aber begriffen, dass die Unterdrückung des individuellen Willens entweder nicht fruchtet oder gar zu unkontrollierten Gewaltausbrüchen führen kann.

Das heißt, eine Gesellschaft wird nicht nur durch das zusammengehalten, was ihre Mitglieder an Werten, Einstellungen, Sprache, Handeln, Gedanken und Gefühlen gemein haben, sondern auch durch das Akzeptieren oder zumindest Tolerieren von Unterschieden und von Dingen, die einer und sonst keiner macht oder denkt oder fühlt.

Deshalb seid milde und lasst die Menschen kickboxen, sich wie Leichen für's Gothic Festival schminken, DSDS schauen,

Killerspiele spielen, schlechte Slamtexte schreiben, kiffen, saufen, Hitler toll finden, Türken verhauen, in Internet-Chatrooms wahlweise versauern oder minderjährige Mädchen aufreißen, schnell Auto fahren, nächtelang auf Ecstasy durch die Clubs tanzen, den Club zur Religion erheben, sonntags in die Kirche gehen oder ins Wirtshaus, auf Mittelaltermärkten wie Waldschrate herumtorkeln und statt „Euro" „Taler" sagen, enthaltsam leben, sich vegan ernähren, sich künstlich aufstylen und abends in kühlen Bars rumhocken, doof glotzen und doof beglotzt werden.
Alles schön und gut, es gibt aber auch Grenzen, genauer gesagt eine. Deshalb gib mir die Kugel, Mädchen, und geh nach Hause.

Zwei

Rasselnde Ketten künden von der Öffnung der schmiedeeisernen Gittertore. Ein dumpfes Grollen bebt durch die Arena. Der sandige Boden erzittert unter den wuchtigen Schritten der Kämpfer, die sich aus den dunklen Katakomben ihren Weg ins Licht bahnen. Mühsam und schwerfällig bewegen sie sich vorwärts in die Mitte des Runds, gen Boden gezogen von der schier unerträglichen Last ihres Helms, Kettenhemdes und stählernen Beinschutzes.
Die Mannschaften nehmen ihre Positionen ein und erstarren zu Monumenten elegischer Größe. Eine gespenstische Ruhe kehrt ein. Die Kampfglocke erklingt.
Mit wildem Geheul stürzen sich alle Spieler auf die eiserne

Kugel und versuchen, sie in die Nähe des gegnerischen Tors zu bewegen. Nach einigen Minuten verlässt die Kugel erstmals den Mittelkreis, das Publikum rast. Auf dem Feld hingegen ist es merkwürdig still. Trotz der martialischen Ausrüstung verläuft das Spiel überraschenderweise nahezu körperlos, was nicht der Sehnsucht nach Eleganz geschuldet ist, sondern vielmehr dem für's menschliche Auge kaum wahrnehmbaren Tempo der Begegnung. Eine einzige Körpertäuschung trotzt den Kämpfern unglaublich viel Energie und dem Publikum unglaublich viel Geduld ab. Geprägt wird das Match also nicht von Technik und Dynamik, sondern von rührendem Bemühen, Anfeuerungsrufen und Tränen der Enttäuschung nach missratenen Aktionen.
Gegen Ende des Spiels nähert sich erneut ein Spieler mit letzter Kraft der Eisenkugel mit dem festen Vorsatz, sie mit dem rechten Fuß irgendwohin zu schießen. Der Fuß trifft die Kugel, die Kugel bewegt sich keinen Millimeter. Der Spieler bricht zusammen und wimmert: „Mein Spann ist zu weich für den Beton."
Die Schlussglocke erklingt. 0:0.

Drei

Volksfest im Karlsruher Wildparkstadion. Jung und Alt sind gekommen, um gemeinsam sich und das Leben zu feiern. Die Stimmung ist prächtig: Wildfremde Menschen liegen sich in den Armen und teilen Brot und Tee.
Unbemerkt laufen unten auf dem Rasen die Mannschaften ein. Das Team in Weiß trägt stolz den Bundesadler auf den Brüsten.

Nach 73 Minuten fällt das 0:1, ein Eigentor. Keine nennenswerte Regung auf den Zuschauerrängen. Die Unglücksräbin will den Ball zu ihrer Torfrau zurückspielen, verschätzt sich aber um zwei Meter und so kullert der Ball an der völlig verdutzten Schlussmännin vorbei ins Netz. Szenen der Verzweiflung auf dem Rasen, Tränen, Trostworte und eine tragische Heldin. Das Publikum genießt die Sonne und nach wie vor sich selbst.
Kurz darauf der Ausgleich. Die deutsche Mittelstürmerin will im Strafraum an ihrer Gegnerin vorbeiziehen, rutscht aus und stürzt zu Boden. „Elfmeter!", kreischen die Weißen, „Nein!", kreischen die Blauen, „Doch!", kreischen die Weißen, ‚Egal!', denkt sich das Publikum. Die Frau in Schwarz zeigt auf den ominösen Punkt. Szenen der Verzweiflung auf dem Rasen, Tränen, Trostworte und eine treffsichere Heldin.
Als kurz vor Spielende noch das Siegtor fällt, kennt der Jubel auf dem Rasen keine Grenzen mehr, auf den Rängen schon, denn da ist kaum noch jemand. Und als der Stadionsprecher zehn Minuten nach dem Schlusspfiff ins Mikrofon brüllt: „Ja, so schön kann Frauenfußball sein!", ist das Stadion endgültig leer, nur zerknüllte Plastikbecher, Butterbrotpapiere und herumliegende Orangenschalen sind letzte Zeugen eines großen Familienausflugs.
Wochen später darf sich die überglückliche Siegtorschützin in der Sportschau für das, wie ihr die Sportschaumoderatorin ekstatisch bescheinigt, „Superdupertor" feiern lassen. Sie ist sogar für das „Tor des Jahres" nominiert worden und muss nun zum x-ten Male beschreiben, wie sie den Treffer erlebt hat. „Ja gut,

da hat die Steffi von links geflankt, und ich stand so am Fünfmeterraum, und dann ist mir der Ball auf den Kopf und ... äh ... war plötzlich drin."
„Ja, ganz ganz großes Tennis!", jubelt die Moderatorin. „Vorbei die Zeit, als Frauensport noch mit den Sechs-Meter-Schlagballweitwurfverrenkungen der Grundschulmädchen assoziiert wurde. Wie geht es denn bei Ihnen nach diesen großartigen Erfolgen weiter?"
„Ja gut, unser nächstes großes Ziel sind jetzt die Paralympics."
Genau, sag ich, und dann im Halbfinale gegen die Beinamputierten unglücklich ausscheiden und hinterher in die Mikrofone keuchen: „Ja gut, das ist natürlich ganz bitter. Wir haben ganz toll gekämpft und gefightet und getan und gemacht, es hat aber nicht sollen sein. Aber wir müssen jetzt nach vorne schauen."
Nach vorne, in eine Zeit, wenn der Torschütze des Jahres endlich endlich eine Frau ist.

Vier

Neunzig Minuten, keine Tore? Da wollen wir doch mal genauer nachfragen. Null zu Null, woran hat's gelegen?
Wissen Sie was?
Es geht nicht um Selbstverwirklichung und Herdentrieb, um Kettenhemden und Eisenkugeln, um Heldinnen und Verrenkungen.
Es geht um den Ball, den Menschen und die Liebe zu beidem.

Lovin' Is What I Got

„So Kinder, einen schönen guten Morgen. Heut sprechen wir mal über das Wichtigste auf der Welt."
„Ich weiß es, Herr Schmied!"
„Ja, Marco, was denn?"
„Meine Playstation."
„Coole Scheiße, Marco."
„Nee, Marco, leider falsch. Heute reden wir über das, was die Welt antreibt, was das Leben lebenswert macht. Kinder, heute reden wir über die Liebe."
„Sex, Alter, geil."
„Nein, Timo, die Liebe, über die wir heute reden, ist viel umfassender. Sie ist riesengroß und zugleich winzig klein."
„Wie soll'n das gehen, Herr Schmied?"
„Na zum Beispiel kennt ihr das doch bestimmt, dass euch jemand nur ganz kurz anlächelt, und trotzdem schwebt ihr daraufhin den ganzen Tag wie auf 'ner Wolke.
„Herr Schmied, bei mir war's umgekehrt. Ich hab letzte Woche zum Basti ‚Wichser' gesagt, und der war drei Tage lang beleidigt."
„Du, Julian, lass uns doch mal heute bei dem bleiben, was einen aufbaut und nicht, was einen runterzieht. Das mit dem Runterziehen habt ihr doch eh schon die ganze Zeit. Ihr seht doch jeden Tag, was passiert, wenn keine Liebe im Spiel ist. Wenn

ihr z.B. für Noten lernt, ist euch in dem Moment nur die Zahl wichtig, nicht die Sache selbst. Schaut mal, wie viel Spaß ihr habt, wenn ihr in eurer Freizeit was Tolles macht. Sobald ihr in der Schule seid, ist Schluss mit lustig.

Bildung ist doch ein dynamischer Prozess der Auseinandersetzung mit einem Thema, und diese Note, diese Zahl, ist ein stumpfer statischer Stempel, der alles, was in eurem Hirn nach Leben ausschaut, erst mal plattmacht. Dieser permanente Notenschwachsinn gaukelt euch vor, euch für Leistungen ein gerechtes Feedback zu geben, dabei geht es doch primär darum, euch die Liebe zur Sache zu rauben, weil diese Liebe unkontrollierbar und somit schwer zu bewerten ist."

„Das versteh ich net, Herr Schmied."

„Weiß ich, Kai, wie auch?! Oder schaut euch viele eurer Lehrer an: Eigentlich sollte man doch spüren, dass sie ihr Fach lieben, und dass sie Menschen mögen. Und was ist passiert? Durch permanente Vorschriften und bürokratische Gängelung sind sie zu ängstlichen Paragraphenreitern geworden. Und dadurch, dass sie euch dauernd bewerten müssen, ich sag nur ‚Qualitätsmanagement', werden sie zu nervigen Besserwissern, die ungefragt zu allem und jedem ihren Kommentar abgeben müssen. Liebe heißt manchmal Klappe halten und zuhören.

Und ganz schlimm wird's, wenn die Lehrer das, was sie an der Schule machen, nicht machen, weil sie Bock drauf haben, sondern weil sie irgendeinen beschissenen Job haben wollen wie ‚Fachschaftsleiter' oder ‚Mittelstufenbetreuer', weil sie dann was vorweisen können und früher befördert werden. Nein

Kinder, mit Liebe hat das nix mehr zu tun ... Oder Kinder, schaut euch doch mal einen Poetry Slam an."
„Was ist ein Poetry Slam, Herr Schmied?"
„Das ist so 'ne Art Vorlesung, bei der meist junge Menschen – mit Ausnahme von Wolf Hogekamp – selbstverfasste Texte vortragen, und das Publikum hört zu. Ist toll, ne? Ich meine, wer außer den Tagebuchschreibern hat denn vor zehn Jahren eigene Gedichte und Geschichten übers Leben geschrieben und auch noch anderen vorgetragen? Und wann sitzt man schon einfach nur da und konzentriert sich auf das, was einem ein anderer vorliest und hat auch noch Spaß dabei? Als Kind hat man das vielleicht gemacht. Mann, Slam!
Aber im Slam geht's auch ganz oft um Noten und um's Bessersein und um's Gewinnen: Amtierender Dechsendorfer Baumschulvizemeister im Poetry Slam. Amtierend! Wenn ich das schon höre! Amt und Würden! Sind wir hier im Feudalismus?"
„Herr Schmied, was hat'n das mit uns zu tun?"
„Na, wir sind doch hier auf'm Slam."
„Was?"
„Na, ist doch wurscht jetzt. Und du, das kleine schüchterne Mädchen aus der Fünften, das noch ganz geflasht ist von der Größe der Schule und der Größe der Menschen um dich herum, von den dunklen Gängen und hellen Klassenzimmern, von der schönen neuen Welt, die sich hier für dich auftut, mit den rotgefärbten Wangen vom Herumrennen im Pausenhof und der Vorfreude auf die nächste Stunde, weil du Lust hast zu lernen: DU BIST MEINE SCHULE.

Und du, der coole Junge aus der Achten, den Französisch langweilt und die anderen Fächer auch, außer die Lehrer sind cool, der du aber trotzdem ganz gern in die Schule gehst, wegen deinen Kumpels und weil du hoffst, dass du das eine Mädchen aus der Parallelklasse in der Pause siehst: DU BIST MEINE SCHULE.

Und du aus der Elften, der schon weiß, dass er nicht das beste Abi der Welt schreibt, aber egal, Hauptsache durchkommen mit möglichst wenig Aufwand und einem Maximum an Lockerheit und der du's schon ganz cool findest, dass man in der Oberstufe irgendwie viel ernster genommen wird von den Lehrern und die Kleinen sich Sachen trauen, die man selbst sich früher NIE getraut hätte: DU BIST MEINE SCHULE.

Und du, Referendarin im Zweigschuleinsatz, die sich heute mal 'n bissl schicker angezogen hat, weil es sein könnte, dass der Chef zum Unterrichtsbesuch vorbeikommt, und die sich noch den Oberstufenschülern ganz verbunden fühlt, weil die eigene Schulzeit ja noch gar nicht so lang zurückliegt, die jede ihrer Unterrichtsstunden noch richtig akribisch vorbereitet und deshalb schon immer wieder auf dem Zahnfleisch geht, aber die sich insgesamt voll auf die nächsten 40 Jahre Kampfeinsatz im Klassenzimmer freut: DU BIST MEINE SCHULE.

Und du, Studiendirektor mit grauem Vollbart und Halbglatze, der du noch zwei Jahre bis zur Pensionierung hast und dich irgendwie drauf freust, weil du merkst, dass du nicht mehr so geduldig bist wie früher und dich die Lautstärke nervt, und du einfach mal abschalten willst, obwohl du dir überhaupt noch

nicht vorstellen kannst, was für ein Leben das dann sein soll, ohne Schulgong, ohne Pausenaufsicht, ohne Notenkonferenzen, und der du außerdem nicht verstehst, was es mit diesen Eifohns und Äpps und Twitters auf sich hat: DU BIST MEINE SCHULE.
Und du, die du die Seele dieses Hauses bist, weil jeder, der ein Problem hat, zu dir rennt und erwartet, dass du dieses Problem augenblicklich löst, was du auch meist tust, bevor du 'ne Durchsage machen musst: ‚Ein Schüler vom Schulsanitätsdienst bitte ins Sekretariat!': DU BIST MEINE SCHULE.
Und du, die du erst hier ins Haus kommst, wenn fast alle anderen weg sind und dann das machst, wovon alle ausgehen, dass es eh deine Aufgabe ist, nämlich das sauber zu machen, was du selbst nicht verschmutzt hast, so dass das ganze Spiel am nächsten Morgen von Neuem losgehen kann: DU BIST MEINE SCHULE.
All ihr Großen und Kleinen in den Klassen- und Lehrerzimmern, in der Turnhalle und der Hausmeisterloge, im Sekretariat und der Mensaküche, in den Büros und Abstellräumen, im Direktorat und in den Fachtrakten, im Pausenhof und in der Aula, im Keller und den Obergeschossen, im Haupthaus, dem Neubau und den Pavillons: IHR SEID MEINE SCHULE.
Mein Traum ist es, von dieser 2. Person Plural eins abzuziehen, so dass es am Ende heißt: *WIR* SIND MEINE SCHULE."
„Herr Schmied?"
„Was denn, Jana?"
„Irgendwie klingt das komisch, wie Sie über die Liebe reden."

„Hm. Ich glaub, ich weiß schon, was du meinst. Auch wenn man immer versucht, die Liebe im Blick zu haben, verliert man sie manchmal aus den Augen. Schaut mal eure Eltern an. Eure Mama hat euch voll lieb, und weil sie will, dass es euch gut geht, sagt sie euch vielleicht dauernd, was ihr tun sollt oder was ihr nicht tun dürft."

„Da hat er recht, Alter. Meine Mama nervt total."

„Herr Schmied, irgendwie versteh ich das immer noch nicht: Was ist denn jetzt genau Liebe?"

„Also Kinder: Liebe heißt wahrnehmen, Liebe heißt spüren, Liebe vergleicht nicht, Liebe heißt akzeptieren, Liebe ist Entwicklung, ein Prozess, kein Zustand. Liebe findet zwischen den Zeilen, zwischen den Orten statt. Sie ist paradox, weil sie entgegengesetzte Dinge zulässt: Sie lässt den anderen, wie er ist und mischt sich trotzdem ein. Sie sagt ich und du gleichzeitig. Sie ist zugleich Nähe wie Distanz. Sie lässt sich nicht festhalten, sie hält fest, indem sie loslässt:

Love is a rose but you better not pick it
It only grows when it's on the vine
A handful of thorns and you know you've missed it
You lose your love when you say the word ‚mine'"

„Oah, voll schön, Herr Schmied. Ist das von Ihnen?"

„Äh, also eigentlich schreib ich meine Texte schon selber, aber es könnte durchaus sein, dass ich an der einen oder anderen Stelle den Überblick über die Quellen verloren hab."

„Was?"
„Egal jetzt, Kinder. Was ich sagen will: Liebe definiert nicht und scheut sich vor klaren Benennungen."
„Aber Herr Schmied, das ist doch jetzt auch 'ne Definition."
„Hör auf jetzt. Ich hab doch gesagt, Liebe ist paradox. Liebe macht alles wieder gut, sie stellt keine Fragen – oder vielleicht doch und gibt damit gleich 'ne Antwort. Liebe ist leise – hört mal ...
Liebe ist Poesie, Liebe ist Musik, Lovin' is what I got, und jetzt, Kinder, alle:
Lovin' is what I got, just remember that!
Liebe ist Bock auf Leben,
Liebe! Ist! Leben!"
„Alter, ist der jetzt total gaga?"
„Herr Schmied, Sie sagen: Liebe findet zwischen den Zeilen statt, in der Poesie. Warum erzählen Sie uns das dann nicht poetischer und metaphorischer, sondern so plump und plakativ?"
„Weil ihr's sonst net blickt."
„Und warum reden Sie überhaupt mit uns über Liebe?"
„Weil ..."
„Weil was?"
„..."

Zeitschleife

Wenn ich in einer Zeitschleife leben würde,
dann würde alles ganz anders werden. Dann würde ich erstmal einen Gang zurückschalten und sämtliche Listen hervorkramen, auf denen steht, was ich noch alles tun wollte, wenn ich die Zeit dafür hätte, die mir ja jetzt zur Verfügung stünde.

Wenn ich in einer Zeitschleife leben würde,
dann würde ich erstmal in aller Ruhe die über 100 Bücher lesen, die mir in den letzten Jahrzehnten ungefragt geschenkt wurden,
dann würde ich meine ganzen Schallplatten und Kassetten endlich mal sortieren und den Holger fragen, ob er das dann katalogisiert.
Dann würde ich meine Steuererklärung von 2001 machen, und die von den Jahren davor auch, und die von den Jahren danach auch, und auch alle zukünftigen.
Dann würde ich mein Rad reparieren, und Daniels auch, und deins auch.
Dann würde ich dauernd kochen, mit vielen Gängen und Farben und Kerzenschein, da könnten die Lerles mal echt einpacken.

Wenn ich in einer Zeitschleife leben würde,

dann würde ich dem Michi mal klarmachen, dass ich ihn nicht nur deshalb zu meinen Freunden zähle, weil er technisch begabt ist.
Dann wäre ich nämlich mal selbst technisch begabt.
Dann würde ich jetzt meine Eltern besuchen, und morgen auch, und übermorgen auch, denn die werden langsam alt.

Wenn ich in einer Zeitschleife leben würde,
dann würde ich mich mal so richtig öffnen.
Dann würde ich nicht nur im Hier und Jetzt leben, sondern auch an die Zukunft denken, und auch an die Vergangenheit, und das würde auch noch funktionieren.
Dann würde ich viel mehr meditieren als bisher, und dann würde mich wirklich nichts mehr aus der Bahn werfen.
Dann würde ich nicht nur an die Liebe, sondern auch an den Hass glau ... nee, das geht jetzt zu weit.

Wenn ich in einer Zeitschleife leben würde,
dann würde ich viel mehr Slamtexte schreiben, und vor allem bessere.
Dann würde ich noch viel mehr Liebeslieder schreiben für meine Freundin, und für die ehemaligen auch und für alle zukünftigen auch schon mal.
Dann würde ich mich mit noch viel mehr Menschen – insbesondere Frauen – treffen als bisher, und das würde mich vielleicht ein bisschen anstrengen, mir aber keine Angst machen.

Ja, das alles würde ich vielleicht machen, aber was würdet ihr dazu sagen? Das wär' ja dann jemand, der alles, was er sich vornimmt, auf die Reihe kriegt, der nie Versprechen bricht, der alle Wünsche und Erwartungen erfüllt, der nie überfordert ist, der nie unruhig und hektisch wird, sondern immer entspannt und gelassen bleibt, der nichts gleichzeitig machen muss, sondern alles schön geordnet und nacheinander.
Vielleicht will ich das gar nicht, und ich hoffe für mich, ... dass ihr das auch nicht wollt.
Wenn ich in einer Zeitschleife leben würde, dann würde ich einfach nur mal so richtig ausschlafen, einfach schlafen ...

Du musst was essen

Ich sperre die Tür auf und rufe: „Hallo hallo hallo hallo hallo!“ Meine Mutter kommt aus dem Wohnzimmer und nimmt mich in den Arm. „Ach, mein Junge, schön, dass du wieder da bist. Und: Wie war's im Training?“

„Schön, aber voll anstrengend. Und ich hab zwei Tore geschossen!“

Meine Mutter streichelt mir über den Kopf. „Du bist der Beste, mein Junge! Und jetzt komm: Es gibt was Leckeres zu essen.“

„Was denn?“

„Kartoffeln mit Quark.“

„Ich hab kein Hunger, Mama.“

„Na komm, du musst was essen, damit du groß und stark wirst.“

„Ich bin schon groß und stark. Außerdem mag ich keine Kartoffeln. Ich krieg hier nie was Gescheites zu essen.“

Meine Mutter schaut mich ungeduldig und liebevoll an. „Mensch, du bist doch jetzt alt genug, um nicht dauernd über das Essen zu meckern.“

„Mama, weißt du, wie alt ich bin? Genau 79 840 Stunden!“

Meine Mutter lacht und zwinkert mit den Augen. „Du bist ja ein Mathegenie!“

Ich blase die Backen auf und zeige ihr stolz meinen schmalen Bizeps. „Mama, kann ich nach dem Essen noch 'n bisschen

raus?“
Sie schüttelt den Kopf und deutet auf die Uhr. „Nee, es ist schon spät. Du kannst morgen wieder raus, und übermorgen auch.“
„Ich will aber jetzt raus!“
„Möchtest du noch was trinken, mein Junge?“
„Nee.“
„Ich hab heut extra für dich Limo gekauft.“
„Au ja, ’ne Limo nehm ich.“
Meine Mutter räumt das Geschirr zusammen und stellt es auf die Ablage. „Sag mal, hast du eigentlich deine Hausaufgaben schon gemacht?“
„Ja, hab ich.“
„Wirklich?“
„Hab ich doch gesagt.“
Meine Mutter sieht mich prüfend an. „Also gut, wenn du alles gemacht hast, dann kannst du dich schon mal fertig fürs Bett machen.“
„Ich will aber noch nicht schlafen! Ich bin fit wie’n Turnschuh.“
„Wo hast’n *den* Spruch her?“
„Aus der Schule.“
Meine Mutter lächelt und fährt mir durch die Haare. „Na komm, mein Junge, dann hüpf mal wie ’n Turnschuh ins Bad, schön Zähneputzen und dann ab ins Bett mit dir! Und wenn du magst, liest dir die Mama noch was vor.“
„Ich kann fa’ selber lesen, ich bin schon groß!“
„Ist gut, mein Junge, dann mach das mal.“

„Du, Mama?“
„Was ist denn, mein Schatz?“
„Ich hab dich lieb, Mama.“
„Ich dich auch, mein Junge.“

Ich sperre die Tür auf und rufe: „Hallo? Hallo? Mama?“ Ich höre Geräusche aus dem Bad. Meine Mutter steht vor dem Spiegel und legt Lippenstift auf. „Mama, ich bin's.“
„Ach mein Junge, schön, dass du da bist. Können wir gehen?“
„Wohin denn, Mama?“
„Raus. Ich will nach Hause.“
Ich nehme sie am schmalen Oberarm und führe sie vorsichtig zum Tisch. „Mama, du kannst jetzt nicht raus.“
„Ich will aber nach Hause, mein Junge.“
„Sag mal, Mama, wie war's denn heute bei der Physio?“
„Sehr schön, ja, sehr schön, aber auch sehr anstrengend.“
„Und hast du denn schon zu Abend gegessen?“
Meine Mutter schaut mich empört an. „Die geben mir hier nichts zu essen!“
Auf dem Tisch steht der Speiseplan für diese Woche. „Schau, Mama, du hast heute Kartoffeln mit Quark zum Abendessen gehabt.“
„Nein. Ich habe keinen Hunger.“
Ich setze mich neben sie auf den Stuhl und nehme ihre Hand. „Mama, du musst was essen, sonst musst du hier noch länger bleiben.“
„Ich will nach Hause. Hol mich hier raus, mein Junge.“

Ich werde etwas ungeduldig und beuge mich zu ihr vor. „Hast du jetzt schon was gegessen?"
„Was gibt's denn?"
„Es gab Kartoffeln mit Quark."
„Ja, Kartoffeln sind sehr gesund. Besonders mit Quark."
„Und hat's geschmeckt?"
„Ich möchte nichts essen, danke schön."
Mein Blick fällt auf das Pillendöschen auf dem Tisch. „Sag mal, hast du eigentlich schon deine Tabletten genommen?"
„Ja, hab ich."
„Wirklich?"
„Hab ich doch gesagt."
„Na gut. Möchtest du etwas trinken, Mama?"
„Nein, danke schön."
„Vielleicht einen Tee?"
„Ja, ein Tee wäre nett."
„Na, dann geh ich grad mal in die Küche und mach dir einen."
„Danke schön, bis morgen, mein Junge."
„Nein, Mama, nicht bis morgen, ich geh nur mal eben in die Küche."
„Dann bis übermorgen."
Als ich den Wasserkocher einschalte, höre ich aus dem Nebenzimmer „Hallo hallo hallo hallo halloo" und noch mal „Hallo hallo hallo hallo halloo". Ich gehe rüber und frage: „Was ist denn, Mama?"
„Was ist denn was, mein Junge?"
„Ich äh ..."

„Danke, ich möchte nichts essen.“
„Der Tee kommt gleich, Mama.“
Als ich das heiße Wasser in die Tasse gieße, höre ich von nebenan wieder „Hallo hallo hallo hallo halloo“. Mit der Teetasse in der Hand kehre ich zurück.
„Ach schön, dass du wieder da bist, mein Junge.“
Ich lächle und fahre mir mit der Hand durch’s Haar. „Wenn du mit dem Tee fertig bist, ist auch schon fast Zubettgehzeit, Mama.“
„Na, ich bin munter wie ein Fisch im Wasser.“
„Wo gibt’s denn hier Fische?“
„Na, im Schwimmbad.“
„Ach apropos, soll ich dir den Badeanzug noch auf ’n Bügel hängen?“
„Ach, das kann ich fa’ schon selber machen. So klapprig bin ich doch auch noch nicht.“
„Na, dann mach das mal. Ich muss jetzt eh gehen. Bis morgen dann, Mama.“
„Hör mal, mein Junge.“
„Was ist denn, Mama?“
„Ich hab Hunger.“

Ich hätt da mal 'n Problem

It's not a cry that you hear at night,
It's not somebody who's seen the light,
It's a cold and it's a broken Hallelujah ...

Nein, es geht nicht um Poesie, es geht um ein Problem.
Die Lösung lautet: Holy Fuck!

Wenn ich sage, dass die Chancen eines Arbeiterkindes, später mal ein Studium zu beginnen, statistisch gesehen 20 Mal niedriger sind als die eines Beamtenkindes, dann musst du sagen, dass heute doch jeder erfolgreich sein kann, wenn er sich nur genügend anstrengt.

Wenn ich sage, dass diese Chancenungleichheit durch Studiengebühren noch weiter verstärkt wird, dann musst du sagen, dass, wenn jemand wirklich studieren will, er auch Möglichkeiten findet, dies zu finanzieren, z.B. durch Stipendien oder andere Zuschüsse.

Wenn ich sage, dass man durch ein elitäres Bildungsverständnis die arrogante Einteilung von Menschen in schlau und dumm verstärkt, dann musst du sagen, dass Eliteförderung die

Nivellierung des Bildungsniveaus auf ein einheitliches Mittelmaß verhindern soll, indem sie die besonders Begabten zu Spitzenleistungen führt, was ja kein Nachteil für die weniger Begabten sein muss.

Nein, es geht nicht um Poesie, es geht um ein Problem.
Die Lösung lautet: Holy Fuck!

Wenn ich sage, dass es doch kein Naturgesetz ist, dass geschätzte zwei Drittel der Schüler keinen Bock auf Schule haben oder sich langweilen, dann musst du sagen, dass das schon immer so war und ein Gymnasium nun mal keine Spaßschule ist.

Wenn ich sage, dass dieser permanente Notendruck Schüler wie Haustiere darauf dressiert, nicht aus eigenem Antrieb etwas wissen zu wollen und zu lernen, sondern fremdgesteuert das zu reproduzieren, was der Lehrer von ihnen fordert, dann musst du sagen, dass die Schüler ohne Druck ja gar nichts mehr lernen würden.

Wenn ich sage, dass geschätzte 90 Prozent der Schüler auch ohne Druck in ihrer Freizeit sich freiwillig mit komplexen Dingen beschäftigen und darin Experten werden, ohne nach Noten zu fragen und auf die Uhr zu schauen, dann musst du sagen, dass man das gar nicht vergleichen kann und das außerdem zu totalem Chaos führen würde, wenn man jedem Menschen freistellen würde, wie und was er lernt.

Nein, es geht nicht um Poesie, es geht um ein Problem.
Die Lösung lautet: Holy Fuck!

Wenn ich sage, dass Lehrer und Schüler sich in der Schule primär in ihrer Funktion als Lehrer bzw. Schüler wahrnehmen und nicht als Mensch, dann musst du sagen, dass man dies nicht verallgemeinern kann und dies außerdem gar nicht so schlecht ist, da erst durch die pädagogische Distanz die ideale Lehr- und Lernsituation geschaffen wird.

Wenn ich sage, dass ich mir eine angstfreie Schule wünsche, da Angst eine leistungshemmende Lernmotivation ist, dann musst du sagen, dass Angst ein völlig normales menschliches Grundgefühl ist, das evolutionsgeschichtlich eine wichtige Funktion als Schutzmechanismus zur Abwehr von Gefahren erfüllte und auch heute noch im gewissen Rahmen pragmatisch nützlich ist, z.B. als Lernanreiz und zur Verhaltenskontrolle.

Wenn ich sage, dass Fördern in der Schule meist nicht aus Ermutigung und positiver Bestärkung besteht, sondern immer nach Fehlern gesucht wird, es also immer ums Korrigieren und Kritisieren geht und diese Fokussierung auf das potentielle Versagen Schul- und Lernklima trübt, dann musst du sagen, dass man doch primär aus Fehlern lernt und der wachsweiche unkritisch-antiautoritäre Umgang mit Fehlern den Schülern nicht im geringsten weiterhilft.
Nein, es geht nicht um Poesie, es geht um ein Problem.

Die Lösung lautet: Holy Fuck!

Wenn ich sage, dass dieser permanente Prüfungswahnsinn verhindert, dass sich Lernprozesse und -inhalte setzen können und eine wahrhafte, thematische Auseinandersetzung stattfinden kann und vielmehr dazu führt, dass man sich angewöhnt, in möglichst kurzer Zeit möglichst große Mengen an „Stoff" zu verschlingen, diese wieder auszukotzen und möglichst schnell zu löschen, um Platz zu machen für neuen „Stoff", dann musst du sagen, dass Schüler und Studenten auf Noten bestehen, sie zudem notwendig sind als Feedback und Kennzeichen für die Qualität ihrer Leistungen und schließlich ohne Prüfungen die Lehr- und Lernprozesse im Bildungsapparat weder mess- noch kontrollierbar sind.

Wenn ich sage, dass die Vergleichbarkeit von Leistungen auch bei zentral gestellten und korrigierten Prüfungen eine einzige Illusion und damit überflüssig ist, da einzelne schwer zu vergleichende Variablen wie Lehrer, Unterrichtsstil, Lernatmosphäre, Vorwissen oder Tagesform redlicherweise auch mit einbezogen werden müssten, dann musst du sagen, dass durch zentral gestellte Prüfungen ein einheitliches und v.a. höheres Leistungsniveau immer noch eher gewährleistet wird als durch schulinterne Prüfungsmauscheleien.

Nein, es geht nicht um Poesie, es geht um ein Problem.
Die Lösung lautet: Holy Fuck!

Wenn ich sage, dass der Mensch sein Potential erst durch ein größtmögliches Maß an Freiheit ausschöpfen kann, dann musst du sagen, dass man das ja jeden Tag in der Zeitung lesen kann, wohin das führt, wenn man dem Menschen Freiheit ohne Kontrolle gibt.

Wenn ich sage, dass die heutige Schule immer noch eher Anpassungsfähigkeit und Duckmäusertum als Eigenständigkeit fördert, dann musst du sagen, dass das erstens früher viel schlimmer gewesen ist und man sich außerdem im späteren Leben, z.B. im Beruf, auch anpassen können muss.

Wenn ich dann sage, dass man dann doch die Schüler gleich demütigen und schlagen könnte, um sie so auf die Demütigungen und Schläge des Erwachsenenlebens besser vorzubereiten, dann musst du sagen, dass diese Analogie totaler Quatsch ist, aber nichtsdestotrotz Krisen ein wichtiger Bestandteil des Erwachsenwerdens sind und man aus jeder Krise gestärkt hervorgehen kann.

Wenn ich sage, dass man Kinder und Jugendliche stark, frei und selbstbewusst machen sollte, um sie auf das Leben und seine Krisen vorzubereiten, dann musst du sagen, dass man ja an unserer Egogesellschaft ablesen kann, was passiert, wenn jeder macht, was er will.
Wenn ich sage, dass ich mir mehr Liebe, Wahrnehmung und

Achtsamkeit im Schulalltag wünsche, dann musst du sagen, dass unsere heutige Schule doch eh schon verweichlicht und wischiwaschi ist, diese Werte also wohl kaum helfen, sich in der schnellen globalisierten Welt zurechtzufinden, man die Schüler also eher härter und robuster machen sollte.

Nein, es geht nicht um Poesie, es geht um ein Problem.
Die Lösung lautet: Holy Fuck!

Und wenn du sagst: Stimmt, hier geht es um ein Problem, und das müssen wir lösen.
Und wenn ich dann sage: Es geht eben doch um Poesie, und die müssen wir spüren.
Dann sagst du am Ende vielleicht: Holy Fuck!
Dies ist ein Gebet.

There's a blaze of light in every word,
It doesn't matter which you heard,
The holy or the broken Hallelujah …

Stress im Camp Tipsy

„Leute Leute, seid ihr bitte mal leis' ... Hey Leute, bitte seid so lieb, wir haben 'n Haufen Sachen zu besprechen, da hab ich keinen Bock, endlos drauf zu warten, dass hier mal Ruhe ist. Wir haben den Saal nur bis vier, und ich fänd's echt cool, wenn ihr euch so lang zusammenreißen könntet. Ihr habt ja auch was davon, also ... äh ... Dennis und Karim, Klappe jetzt, ich hab keine Lust, mich hier dauernd zum Affen zu machen, irgendwann schmeiß ich hin, und dann möchte ich sehen, ob ihr jemand anderen findet, der da so viel Herzblut und Liebe reinsteckt wie ich. Also Leute ... Tarek, nimmst du bitte den iPod aus'm Ohr, es nervt, hinterher haste wieder keinen Plan, worum's ging. Mann Mann Mann. Also:

Erster Punkt: Wir haben ein Problem. Der Typ mit der Videokamera kommt erst später, wenn überhaupt, und ihr wisst, dass wir heut ein Zeichen setzen müssen mit der Geisel aus Zimmer 2."

„Chef, meinst du den Vito Angelo?"

„Keine Ahnung, der aus Spanien halt."

„Der Angelo ist aber Italiener, und außerdem sitzt der in Zimmer 4."

„Ist doch jetzt wurscht, Gia Bao. Jedenfalls muss der laut Plan heut sterben, und deswegen nervt mich das mit dem Videotypen."

„Aber der Angelo ist doch auf unserer Seite!"

„Ja, Scheiße, Mann, dann nehmen wir halt den anderen aus Zimmer 7."

„Der ist schon tot."

„Och kommt, Leute, das nervt langsam. Passt mal auf. Wer is'n eigentlich zuständig für die Racheaktion für die schlimme Geschichte neulich, wo der arme Jamal dabei ... äh ...?"

„Sorry Chef, aber der Jamal lebt noch."

„Egal, wir wollen trotzdem Rache, würd ich sagen. Also, wer macht's?"

„Der Simon ist dran."

„Ich glaub, bei dir hakt's, Alter. Erstens heiß ich Sinan, und zweitens war ich schon dran, du Honk."

„Leute Leute, bleibt mal easy. Dschihad und Stress gehen nicht zusammen. Also, wir haben, falls ihr euch noch erinnert, beim letzten Monatstreffen eine Reihenfolge ausgelost für die Selbstmordanschläge. Laut meiner Liste wären das als Nächstes der Hakan und der Jürgen Spindler."

„Hä, wer?"

„Äh, Jürgen Spindler steht hier. Ist der zufällig da?"

„Ja, hier, aber ich heiß nicht Jürgen, ich heiß Klaus."

„Ja, und was willst du hier?"

„Ich will mitmachen."

„Nee, sorry, mach erstmal dein Fachabi. Jeder anständige Dschihadist aus Deutschland hat Fachabi."

„Geht nicht."

„Wieso jetzt?"

„Hab keine mittlere Reife."
„Ja fuck, stell dich halt net so an, notfalls nimmst du Nachhilfe. Außerdem sag mal, wer is'n da der Typ neben dir?"
„Meine Mutter."
„Was macht'n deine Mutter hier?"
„Die passt auf, dass mir nix passiert."
„Komm geh weiter."
„Ach bitte, ich hab Bock auf'n Dschihad."
„Was labersch du? Du meinst, das geht so easy, Gürtel an, zack wumm, Märtyrer. Vergiss es, Mann, dafür braucht man bisschen mehr Lebenserfahrung und eben 'n mittleren Schulabschluss."
„Sorry Chef, aber hast du nicht das letzte Mal gesagt, dass du das Mindestalter für Selbstmordanschläge auf sieben Jahre senken wolltest?"
„Leute, ich glaub, ich explodier gleich. Das war nur 'n Vorschlag, okay? Aber was ist denn jetzt mit diesem Typen aus'm Sauerland?"
„Wem bitte?"
„Na, dem Jürgen Spindler."
„Der hatte gestern 'n Fahrradunfall."
„Und? Überlebt er's? – Jaja, ich wollt doch nur ... Shit, mein Telefon. – Ja okay, klar Mann, Ramadan. Kommst du um sieben? Ich stell schon mal das Bier kalt. Ciao bello. – Also Leute, wo waren wir stehengeblieben? Das nervt mich heute. Ihr seid nicht fokussiert, Leute, ihr seid nicht fokussiert. Also Punkt Sonstiges: Wortmeldungen? Ja, Sevi?"
„Also, ich hab gestern im Fernsehen gesehen, wie amerikanische

Soldaten in so'n Haus von so 'ner Familie gehen und 'ne Frau vergewaltigen. Und ich hab mir gedacht, dass wir da irgendwas machen müssen."
„Sag mal, Sevi, kam das gestern um neun im Dritten?"
„Ja, ich glaub schon."
„Das war ein Spielfilm, Sevi, ein *Spiel*film, ‚Redacted' von Brian de Palma, saucooler Film."
„Ja, aber wir müssen doch irgendwas machen?"
„Okay, machen wir. Nächste Wortmeldung? Ja, Ossi?"
„Also, ich wollt mal fragen, wie ihr das findet. Also, einer Bekannten von mir sind von so 'nem Typen die Augen mit Säure verätzt worden. Und so'n Gericht hat ihr erlaubt, ihn auch zu verätzen, aber jetzt kommt der Hammer: Sie darf ihm nur ein Auge verätzen, weil laut der Schrift eine Frau nur halb so viel wert ist wie ein Mann. Deswegen würden zwei Augen einer Frau so viel zählen wie ein Auge eines Mannes. Wenn sie das andere auch blenden will, muss sie 14 000 Ocken bezahlen. Das geht gar nicht, oder?"
„Sorry, Ossi, ich hab das auch gelesen, aber sie darf ihn jetzt sehr wohl beidseitig blenden, weil ihre anderen Verletzungen gegen das zweite Auge aufgerechnet werden. Und außerdem, Ossi, das hier ist ein Dschihad-Meeting, das Scharia-Meeting ist erst morgen. Würdest du dein Anliegen dann noch mal vorbringen? Ganz lieb, danke, Ossi. So ... äh ... weiter jetzt. Ja, Ulvi?"
„Ja, also, ich hab'n Lied für'n Dschihad komponiert. Soll ich mal vorsingen?"
„Nee danke, Ulvi, der Text langt. Aber mach schnell."

„Also gut: ‚Die Schreie wurden lauter, die Wunden nahmen zu / die unerfüllte Pflicht , sie ließ mir keine Ruh' / heute muss ich gehen, morgen wäre schon zu spät / Mutter, du bist krass, bleibe standhaft / dein Sohn ist im Dschihad."

„Naja, gut, passt schon, also der Hammer ist es nicht, das mit der krassen Mutter und ... äh, so vom Inhalt her 'n bissl düster und das Bild von den Wunden, die zunehmen, also naja, und der Flow ist auch eher panne, und das reimt sich gar nicht am Schluss. Sorry, Ulvi, probierste's bitte noch mal, unsere Gotteskrieger brauchen schon 'n gescheiten Soundtrack. Danke dir, Ulvi."

„Gotteskrieger, Gotteskrieger, hey Chef, Gott scheißt auf Krieg."

„Ja fuck, ist unsere Hippiefraktion auch wieder am Start?"

„Chef, Gott liebt jedes Kind, egal, wo es geboren wurde. Was gibt uns das Recht, einfach Menschen umzubringen?"

„Sag mal, was geht'n mit dir? Wer bringt hier wen um? Auf der ganzen Welt sterben jeden Tag Menschen, weil sie keinen wirtschaftlichen Nutzen bringen. Total viele sterben, weil ihnen der Zugang zu sauberem Trinkwasser verweigert wird, und das auch noch völlig legal! Und schaut euch die ganzen Kriege an, die wegen der sogenannten Menschenrechte geführt werden, bei denen es aber ausschließlich um Wirtschaftsinteressen geht. Im Irakkrieg kamen auf einen toten US-Soldaten 'n Haufen getötete Zivilisten. Und an den Grenzen zu Europa verrecken auch jedes Jahr ... äh, unglaublich viele Flüchtlinge. Und was ist mit den Abertausenden, die bei Bombenanschlägen überall auf der Welt draufgehen?"

„Aber Chef, äh, kann das sein, dass das mit den Bomben ..."
„Hör auf, Mann: Alle drei Tage stirbt ein Kind an Hunger oder popligen Krankheiten, und dieses Kind ist nicht weiß."
„Hey Boss, hör du doch mal auf mit diesem Theoriekack. Du hast selber gesagt, dass du heut früher weg willst."
„Ist ja okee. Mann Mann Mann. Ach scheiße, Leute, na dann lass'mers für heut'. Und nicht vergessen: Wer Bock hat, nächsten Donnerstag 18 Uhr ist Waterboarden im Prophetenbad. Tschaui Bussi Servus."

Sie und sie

Wenn sie da so neben mir sitzt, dann weiß ich, dass ich sie liebe. So elegant, so präsent und gleichzeitig so unaufdringlich!

Wenn zwei zueinander passen, dann fördern sie das Beste des anderen zu Tage und weniger die Reste, und das ist es, was sie mit mir tut: Sie lässt mich leuchten!

Sie strahlt so eine Ruhe aus, so eine Zufriedenheit, nach innen wie nach außen. Sie lässt mich sein, wie ich bin. Und ich lass sie sein, wie sie ist.

Manchmal überkommt es mich und ich streichle ihr minutenlang über ihr glattes, weiches Haar. Dann schmiegt sie sich an mich, zeigt mir ihre wunderschönen weißen Zähne, schnurrt wie ein Kätzchen und ich weiß, wir gehören zusammen.

Ich liebe sie, seit sie mir das erste Mal über den Weg lief, jung und unerfahren, etwas schmaler als heute, aber schon voller Grundvertrauen, Wärme und Anhänglichkeit, all das, was mich auch heute noch in ihre Nähe zieht.

Ich kann mich nur wiederholen: Ich liebe sie. Sie schenkt mir das Gefühl, einer der wichtigsten Menschen in ihrem Leben zu sein, und dass nicht nur, weil ich ihr regelmäßig etwas zu essen und trinken gebe.

Sie muss nichts Besonderes machen, allein ihre Gegenwart gibt mir Geborgenheit, keine Fragen, keine Widersprüche, nur ihre wachen Augen, ihr gleichmäßiger Atem, ihre gespitzten Ohren und ihr eleganter Gang. Sie ist perfekt, Junge, alles an ihr ist perfekt. Ich liebe sie, ich liebe sie, ich liebe sie.

Ihr Frauchen hingegen, die liebe ich nicht so, weil die mich nicht liebt.

Ich und er

„Der Andi und der Manu – richtich geil
In der Südsee in 'nem Kanu – richtich geil
Chillen an der Brandung – richtich geil
Dann wie Robinson die Strandung – richtich geil

Korrekt korrekt, gefällt ma, geht ab
Korrekt korrekt, was geht ab, gefällt ma so
Korrekt korr ------"

„So, schönen guten Morgen, wenn ihr mal bitte Hefte und Bücher zumacht und wegtut und etwas auseinanderrückt. Ja, genau. So, okay, wo sind denn jetzt die Angaben, ja verdammt ..."

„In der Schule ohne Ahnung – richtich geil
Diese Exen ohne Warnung – richtich geil
Und der Schmiedi ohne Planung – richtich geil
Und jetzt 'ne Strafe ohne Mahnung – richtich geil!"

„Ja, Andi, was sind denn das für schlaue Sprüche? Kannst dir gleich mal 'n Verweis abholen."
„Ja wie geil ist das denn? Hab ich's dir nicht gesagt, Manu? Der geht voll ab. Alter, erst fünf nach acht und mittendrin in der Scheiße.

Hab bis heut früh um halb fünf gezockt, Alter. Bin ich fertich!"
„Du Opfer!"
„Du Wichser!"
„Dei Mudder klaut bei kik!"
„Andi und Manu, hört ihr jetzt endlich auf zu schwätzen!"
„Ich hab doch gar nix gesagt, Herr Schmied! Der Manu war's."
„Stimmt doch gar nicht, du Petze!"
„Petze Petze! Fang an zu heulen, Schwuchtel!"
„Selber Schwuchtel!"
„Andi und Manu, wenn ihr nicht endlich aufhört, setz ich euch auseinander. Kann ich außerdem mal eure Hausaufgaben sehen?"
„Hä? Welche Hausaufgabe? Alter, hatten wir 'ne Hausaufgabe auf?"
„Kein Plan, Alter. Ich hab'se net."
„Herr Schmied, ich hab'se gemacht, aber das Heft net dabei. Kann ich 'se morgen mitbringen?"
„Nee, kannst du nicht, Andi. Hör ma, das ist jetzt schon das dritte Mal den Monat, dass du deine Hausaufgaben nicht hast. Wir haben doch ausgemacht, dass das nicht mehr vorkommt! Wie soll ich mich da auf dein Wort noch verlassen können?"

Ich denk mir: ‚Alter, was geht'n mit dem? Macht der jetzt einen auf Papst? Heul doch, Schmiedi, heul doch!'
Ich sage: „Ja, ich weiß, Herr Schmied."

„Schmidt, Andi, mit „dt" und ohne „ie"!"
„Ja, 'tschuldigung, Herr Schmied."

„Hey Andi, du bist so ein Schleimer!"
„Halt's Maul, Manu."
„Andi und Manu, ihr sollt leis' sein, hab ich gesagt. Andi, wenn du die ganze Zeit hier gelangweilt rumhängst, ist es doch kein Wunder, wenn du nix auf die Reihe kriegst. Hartz IV, Andi! Kannst dich ja jetzt schon mal erkundigen, was so Null-Bock-Typen wie du später mal verdienen!"

Ich denk mir: ‚Null Bock? Ich glaub du hängst, Alter. So viel wie ich schon seit Monaten zocke, hast du noch nie gearbeitet, du Spast! Und ich hab bestimmt schon mehr Bikes repariert, als du Schüler zusammengeschissen hast! Schmiedi, was weißt du denn schon von mir? Vielleicht, dass ich Englisch in der Schule öde finde und deshalb Scheißnoten hab? Was sagt das über mich aus? Dass ich bescheuert bin? Dass ich keinen Bock auf nix habe? Dass ich nicht in der Lage bin, das zu tun, was man mir sagt? Ja, geht's noch, Alter? Vielleicht kannste mal aufhören, mir dauernd zu sagen, was gut für mich ist? Vielleicht fragst du *mich* mal, was *ich* will, anstatt dauernd dich selbst zu fragen, was *du* willst, dass *Ich* will? Vielleicht redest du mal in einem Ton mit mir, den ich verstehe? Vielleicht machst du mal was Interessantes mit uns und redest nicht dauernd von später! Später! Später! Und vielleicht überlegst du dir mal, dass es gar nicht so leicht ist, vor 25 Leuten zu reden, wenn du weißt, dass die Arschlöcher dich auslachen, wenn du Scheiße erzählst? Und, Schmiedi, vielleicht kannste dir vorstellen, dass ich bald überhaupt keinen Bock mehr hab, was für die Schule zu machen, wenn du die ganze Zeit an mir rummeckerst und ich am End nicht mal

'ne Note krieg. Mach doch deinen Scheiß gleich selber!'
Ich sage: „Wieviel verdient man denn mit Hartz IV, Herr Schmied?"

„370 Euro."
„Na, das langt mir."
„Dann kannste dich ja mal gleich im Sekretariat abmelden, Andi!"
„Ja, Andi, mach das! Das ist deine große Chance!"
„Ach halt's Maul, Manu! Dei Mudder hängt im Drehkreuz!"
„Nee, echt, Andi, du Weichei, hör ein Mal auf'n Schmiedi und meld dich ab, dann muss ich dich Opfer nimmer jeden Tag sehen."
„Manu und Andi, ich warn euch jetzt das letzte Mal! Ihr sollt endlich leis sein."

Ich denk mir: ‚Wieso will mich denn der Manu loswerden? Alter, was soll die Scheiße? Ich will den ja auch nicht loswerden! Im Gegenteil. Was soll ich denn hier ohne den Manu? Der ist doch 'ne coole Sau. Okay, manchmal übertreibt er mit seinen krassen Sprüchen. Und was er alles zu mir sagt. Ich glaub, der merkt gar nicht, dass er mir ganz schön weh tut. Wie blind kann man eigentlich sein? Der Blödmann, hey! Wenn ich jemanden mag, dann mach ich ihn doch nicht dauernd saudumm an! Ich mein', der Manu und ich sind doch … äh … Kumpels. Alter, ich will weg hier, irgendwo in den Süden, auf 'ne einsame Insel, nur ich und er.

Der Andi und der Manu – richtich geil
In der Südsee in 'nem Kanu – richtich geil

Chillen an der Brandung – richtich geil
Dann wie Robinson die Strandung – richtich geil

Korrekt korrekt, gefällt ma, geht ab
Korrekt korrekt, was geht ab, er gefällt ma so, er gefällt ma so, er gefällt ma so …'

Scheiß auf Osteuropa

Mein Zuhause hat *keine* zwei Seiten.
Kein Wunder, dass ich auf Osteuropa scheiße.

In Osteuropa ist es dunkel und kalt und es riecht komisch. Die Menschen sind alle hässlich bis auf Alexandra Maria Lara. Sie tragen Trainingsanzüge, aber nicht die coolen 70er, sondern die synthetischen 80er in Scheißfarben. Diese Verschmelzung von Form und Inhalt verbindet sie mit den verhärmten 16-jährigen Müttern aus den ranzigen Fußgängerzonen nordenglischer Industriestädte. Aber diese Mütter sind selbst noch Kinder, sie sind unmündige Opfer des spirituellen Vakuums im Westen. Aber Moment mal, Osteuropa ist erwachsen und spirituell mindestens ebenso verwahrlost, und diesen existentiellen Schmerz ertränken sie Tag für Tag, Nacht für Nacht in kalten, sterilen, neonlichtig verhöratmosphärisch ergrellten ... ja was? Gaststätten? Kneipen? Treffs? Wie soll man diese Nicht-Orte nennen? Und dann der unbarmherzige Klang der 1000 Konsonanten, vor dem sich selbst die arabische Sprachengemeinschaft fürchtet. Und der Suff, der Scheiß-Wodka, die Besinnungslosigkeit, die Kotze, das Elend. *Trink Brüderchen trink, gleich ist mir alles scheißegal, du, ich, die Welt.*
Ja, aber die Herzlichkeit!? Die Lebensfreude!?

Wenn ich blau bin, bin ich auch herzlich.
Und dann ab in die Russendisko: der putzige, tapsige, russische Bär. Dass du im Vollrausch keine Gazelle bist, ist klar. Morbide stampfende Blasvolksmusik, düster, ungehobelt, unfunky, unsexy, un ... noch'n Wodka.
Und dann abtauchen in den Underground der kaputten osteuropäischen Filmwelt; eine Welt voller Bürgerkrieg, Gewalt, Hass, Heckenschützen, Suff, Leere, Langeweile und lauten Dialogen. Und, ja okay, voller Herzlichkeit, Lebensfreude etc. etc. pp.
„Blue Moon", eine Odyssee durch Osteuropa, graue Scheiße, graue Betonstädte, graue Menschen, graue Gräue. Ich hab mich noch in derselben Nacht von meiner Freundin getrennt, weil ich nach dem Film aber mal richtig schlecht drauf war.
Und apropos Russendisko: Wenn schon Kaminer, dann lieber Burana als Wladimir, denn jene wärmt mein Herz, während der Schriftsteller vor allem ein aufgeblasener Selbstdarsteller ist, der eigene Komplexe dialektisch in Überlegenheit verwandelt. Deutsche stehen auf diesen osteuropäischen Akzent und aus Gründen pathologischen Selbsthasses auf Eigendemontage. So wird aus Schwachsinn Kult, kultureller Schwachsinn, schwachsinnige Kultur.
Ich hab mal einen Film über Kannibalen gesehen. Da war jedem klar: Das sind in Wahrheit gar keine Kannibalen, das sind nur rassistische Vorurteile, die sind eben kulturell ein bisschen anders. Und am Ende hat sich dann herausgestellt, dass die Kannibalen sehr wohl Kannibalen sind. Genau so geht es mir

mit Osteuropa.
Na gut, ich hab mal Dostojewski gelesen, und was ich davon verstanden habe, hat mir gefallen, ich mag den Nebel in den Gassen von Prag, die Unberührtheit der Masuren, die einfache und unverstellte Herzlichkeit der Landmenschen, ich mag die dunkle Mystik des osteuropäischen Judentums und die raue Anti-Glätte, das Rumpelnde und das Links-Liegengelassene.

Aber das ist nicht Osteuropa. Das gehört nicht zu Osteuropa, das gehört zu mir, das ist meins. Ich scheiß auf Osteuropa, ich hasse es HASS HASS HASS HAUS Haus Hause, ich will zu Hause sein, da wo alles passt, wo alles gut ist, zu mit der Haustür und Licht aus –
da will ich sein, aber Moment!
Ich will zu Hause keine Angst haben, ich will zu Hause nicht hassen, ich will, dass meine Haustür immer offen ist. Also nimm mich an die Hand und fahr mit mir dahin, wo es wehtut.

Abi mit siebzehn

Sozialkunde Oberstufe – ein Traum.
Ich sehe vor meinem geistigen Auge junge Menschen mit vor Aufregung und von hitzigen Wortgefechten rotgefärbten Wangen, junge Menschen mit Rastazöpfen und Topfschnitt, mit ersten Bartstoppeln und zartem Milchflaum, mit lautem Bass und leiser Piepsstimme, mit Hängeschultern und Fitnessstudiofigur, mit dürren, fast magersüchtigen Ärmchen und schmerzgefütterter Wampe, mit gepiercten Augenbrauen und rosa geschminkten Kusslippen, in zerrissenen Hosen und Lacoste-T-Shirts, auf Jugendrädern und in ihrem ersten Auto, mit chronisch schlechter Laune und Dauergrinsen im Gesicht, junge Menschen, die auf der Suche sind und sich darüber freuen, wie kleine Kinder kurz vor der Schnitzeljagd.
Ich erlebe vor meinem geistigen Auge hin und her wogende Diskussionen über den demografischen Wandel in Deutschland, die Zukunft des Sozialstaats, die Bedeutung der Grund- und Menschenrechte in der globalisierten Welt von heute, die komplexe Rolle der Vereinten Nationen in internationalen und nationalen Konflikten, die Marschrichtung der Bundeswehr in Afghanistan, Aufarbeitung aktueller Ereignisse und deren Hintergründe, zornige, engagierte und nachdenkliche Auseinandersetzungen mit der eigenen Zukunft, mit der Verquickung von

Privatem und Gesellschaftlichem, sorgfältige Textstudien zu politischer und soziologischer Theorie, erfrischende Opposition gegen die „Macht des Faktischen", gegen faule Kompromisse, gegen kalte Vernunft, gegen staatstragende, gelackte und gegelte Politikercharaktermasken, gegen das „Weiter so!", gegen „Früher war alles besser!", für die Zukunft einer Welt, in der es sich lohnt zu leben, und in der ...
Aber HALT!
Wir machen den Praxistest in der Q12 eines staatlichen Gymnasiums in Bayern.
„Ähm, Fabian, fasst du bitte mal die Quellen M4 und M5 zusammen?"
„Was?"
„Ob du bitte mal ..."
„Ey, Veit, hatten wir was auf?"
„Hä?"
„Ob wir was aufhatten?"
„In was?"
„In Sozi."
„Kein Plan."
„Ja, Herr Schmied, ich hab's mal überflogen, aber das ist schon 'ne Weile her."
„Wann hast du's denn gemacht?"
„Weiß nimmer. Ich glaub, irgendwann am Wochenende."
„Weißt du noch, worum's ging?"
„Nö."
„Wie schaut's denn bei dir aus, Ralf?"

„Was denn?"
„Mit den Quellen M4 und M5."
„Hatten wir die auf?"
„Auf und upside down ... boy you turn me ..."
„Hä?"
„Ach, Herr Schmied, der Ralf hat die ganze Nacht gezockt. Sieht man das net?"
„Danke für die Info, Lukas, aber hast du's wenigstens gemacht?"
„Was denn?"
„Die Hausaufgabe!"
„Brauch ich nicht. Kann ich auch so."
„Aha. Worum ging's denn?"
„Irgendwas mit der EU."
„Und was?"
„Na, dass die jetzt größer werden soll beziehungsweise kleiner."
„Bitte?"
„Na, dass das irgendwie mit dem Geld und dem Vetorecht ..."
„Bassd scho, danke, Lukas. André, was ist mit dir?"
„Was soll mit mir sein?"
„Hast du die Hausaufgabe gemacht?"
„Ich dachte, die wär bis nächste Woche auf."
„Und du, Manu?"
„Ich hab's mündlich gemacht."
„Okay dann."
„Äh, der Lukas hat's doch schon gesagt, irgendwas mit der EU."
„Vollkommen richtig. Danke schön, Manu."
„Gern."

„Und hast du die Quellen M4 und M5 gelesen, Patrick?“
„Waren das die, wo es um Internetzensur ging?“
„Nee, Patrick, leider nicht.“
„Egal, ich bin jedenfalls gegen Zensur.“
„Okay. Gut zu wissen.“
„Herr Schmied?“
„Was denn, Kathrin?“
„Wir hatten heute Kunstklausur und wollten fragen, ob wir die Hausaufgabe nächste Woche besprechen könnten.“
„Macht ihr sie dann aber auch alle bis nächstes Mal?“
„Versprochen!“
„Schreiben Sie da 'ne Ex drüber?“
„Ja klar.“
„Echt jetzt? Was war noch mal genau auf?“
„Die Seiten 129 bis 131.“
„So viel?“
„Das ist doch nicht viel!“
„O Mann! Wie genau müssen wir das wissen, was da drinsteht?“
„Och, nur so allgemein. Keine Zahlen und Fakten.“
„Ja cool.“
„Herr Schmied!“
„Was denn, Timo?“
„Sozi ist mein Lieblingsfach!“
„Und warum?“
„Weil's hier echt cool zugeht. Nicht so stressig und so. Und wegen den Diskussionen. Man lernt da richtig was für's Leben.“

Liberté, toujours

Liebe Abiturientinnen, liebe Abiturienten!
Ich möchte Ihnen ganz herzlich zur bestandenen Reifeprüfung gratulieren und in Anlehnung an Ihr selbstgewähltes Motto *A-Biertour de France* bescheinigen, dass Sie nach 12 Jahren Brauzeit zu einem fränkisch-süffigen Meisterwerk gereift sind.
Als ich einigen von Ihnen nach Ihrer letzten Prüfung im Gang begegnet bin, hab ich Sie gefragt, wie Sie sich fühlen, jetzt, da alles vorüber sei, und Sie antworteten: „Freiheit!“ Da habe ich mich gefragt: Freiheit wovon? Und Freiheit wozu? Diese Fragen sind in der Geschichte der Philosophie schon von vielen Denkern sehr ... unterschiedlich beantwortet worden.
Rousseau hat beispielsweise gesagt: „Die Freiheit des Menschen liegt nicht darin, dass er tun kann, was er ... äh will, sondern dass er nicht tun muss ... was er nicht will.“
Ich weiß nicht, warum da jetzt permanent eine Unruhe hier ist, vielleicht ist das Ihre Interpretation von Freiheit, die Abiturrede Ihrer Schulleiterin zu stören, ich kann auch sehr gern an dieser Stelle abbrechen, wenn dies gewünscht wird.
Der große Aufklärer Voltaire hat in seiner Analyse der Philosophie von Leibnitz sinngemäß gesagt, bitte nageln Sie mich bitte jetzt nicht auf den genauen Wortlaut fest: „Ich missbillige, dass du red... äh, was du sagst, aber ich werde mein Leben dafür

einsetzen, dass du die Freiheit hast, es zu sagen."
Also ...
Äh, keine Ahnung, was das jetzt soll, aber mich nervt das, wie Sie sich hier aufführen, und das scheint für Sie ja völlig normal zu sein. Ja geht's noch?
Für mich war es z.B. überhaupt nicht normal, dass ich überhaupt das Abitur machen konnte. Mein Vater ist früh gestorben und ich war die Älteste von vier Geschwistern, und meine ganze Familie wollte, dass ich 'ne Ausbildung mache, aus Sicherheitsgründen sozusagen, aber mein Glück war, dass meine Mutter mich damals sehr unterstützt hat.
Und mit 21 bin ich dann selbst ungewollt Mutter geworden, und dann auch noch von Zwillingen, das war ein totaler Schock für mich, und auf den Vater dieser Kinder konnte ich mich nicht verlassen. Ich hatte also das Studium, ich hatte kleine Geschwister, die noch zuhause wohnten, und ich hatte jetzt selbst zwei Kinder. Freiheit hieß für mich damals, einmal im Monat mit dem Rad in die nächste große Stadt zu fahren, und mit zwei Freundinnen bin ich dann durch die Kneipen gezogen, und wir haben gefeiert und getanzt, und als die Sonne aufging, kam ich glückstrunken nach Hause, ja *das* war für mich Freiheit. Denn daheim war ich dann wieder Mutter, Schwester und Studentin.
Und ich wusste, ich will nicht immer kämpfen müssen, ich will auch einfach mal Ruhe. Und als ich dann drei Jahre nach dem Referendariat ins Beamtenverhältnis übernommen wurde, ja das war Freiheit! Inzwischen war ich alleinerziehend und ich wusste, dass sich daran wahrscheinlich nichts ändern würde.

Ihr könnt euch das wahrscheinlich nicht vorstellen, aber eine Frau jenseits der 30 mit zwei zehnjährigen Jungs, wer ... will da noch ...
Und ich wollte nach oben, ich wollte Verantwortung, ich war Fachbetreuerin, zuständig für die Schülerbibliothek, Stundenplanerin, lauter Scheißjobs, glaubt's mir, aber mit jedem Schritt wurde ich unabhängiger – na ja, stimmt so auch wieder nicht, denn ich steckte damit natürlich immer tiefer drin in diesem Scheißsystem mit seinen ganzen lächerlichen Hierarchien, in dem jeder Depp schon allein aufgrund der Zahl seiner Dienstjahre befördert wird, aber egal, je weiter ich nach oben kam, desto weniger Leute gab es, die mir sagen konnten, was ich zu tun oder lassen hatte, *das* ist Freiheit!
Dann bin ich Kollegstufenbetreuerin und Mitarbeiterin im Direktorat geworden, meine eigenen Kinder machten das Abitur und beschwerten sich, dass ich dauernd so viel arbeiten würde und dass sie keinen Vater hätten. Aber ich hatte auch keinen! Und ich sag euch mal eins: 25 Jahre lang hatte ich nicht mal ein Telefon, weil ich es nicht ertragen hätte, noch mal einen Anruf zu bekommen, dass jemand gestorben ist. Und jetzt vor ein paar Jahren hab ich es dann doch gewagt, mir ein Handy zuzulegen, und ich hatte am Anfang jedes Mal panische Angst, wenn es geklingelt hat. Und dass ich jetzt ganz normal mit meinen Kindern telefonieren kann, ohne durchzudrehen, das ist Freiheit!
Und jetzt kommt ihr aus dieser lächerlichen Abiprüfung und stammelt „Freiheit! Freiheit!" Was ist denn das für 'ne Freiheit? Und wenn ich mir vorhin dieses infantile und oberflächliche

Gesülze von eurem Abiredner anhöre, von wegen „Waren sie nicht irgendwie lustig, unseren letzten beiden Schuljahre?“ oder „War das nicht der Hammer, als der Flo auf der Heimfahrt von der Studienfahrt nach Neapel in den Bus gekotzt hat?“ Haha, wie lustig!
Was soll diese nichtssagende Scheiße? Ist das die Quintessenz von dem, was ihr an unserer Schule gelernt habt?
Vielleicht ist die nüchterne Antwort: Ja, das ist sie, die Quintessenz. Und vielleicht seid ihr genauso, wie wir euch haben wollten, schon irgendwie lustig und kreativ, vor allem aber muss der Laden laufen, da brauchen wir niemanden, der quer schießt, das hält uns nur unnötig auf, auf dem Weg zu ... zu ... ja zu was eigentlich?
Ja, Leute, ihr habt's schon begriffen, am Ende des Tages ist nur dieses Papier mit den Zahlen drauf wichtig, das ihr heute in euren Händen haltet. Wie ihr dahingekommen seid, interessiert ab jetzt niemanden mehr.
Liebe Abiturientinnen und Abiturienten, als mir dann vor zwei Jahren die Schulleiterstelle hier angeboten wurde, hab ich kurz gezweifelt: Will ich das? Kann ich das? Letztendlich habe ich dieses Angebot dann als große Herausforderung begriffen und angenommen, und ich kann Ihnen sagen, ich bereue diese Entscheidung nicht. Mit Freude und, ja, auch mit Stolz erfülle ich heute diese sicherlich anspruchsvolle Aufgabe, junge Menschen auf ihrem Weg ins Erwachsenenleben zu begleiten und bestmöglich zu fördern.
Ja, liebe Abiturientinnen und Abiturienten, wir lassen Ihnen

hier optimale Bildungschancen angedeihen, es liegt an Ihnen, diese zu nutzen. An dieser Stelle möchte ich meiner stellvertretenden Schulleiterin Frau Dr. Herzlein für Ihre tatkräftige und vertrauensvolle Zusammenarbeit und natürlich dem gesamten Kollegium für ihre loyale pädagogische Arbeit an unserem gemeinsamen Projekt Schule danken. Sie haben es den hier versammelten Abiturientinnen und Abiturienten ermöglicht, mit offenem Visier ins Leben zu treten und zu sagen: Freiheit!
Liebe Abiturientinnen und Abiturienten, nutzen Sie diese Freiheit, machen Sie was draus, ich wünsche es Ihnen aus vollem Herzen.
Und, ach ja, das Buffet ist eröffnet.
Danke.

Operation Kitt Cut

Die Leute sagen, dass das Wetter grad zwar nicht so gut sei, dass es aber morgen hoffentlich besser werde.

Die Leute sagen, dass die Dauerhitze einen ganz weich in der Birne mache, es aber immer noch besser sei, als wenn es die ganze Zeit regnet.

Die Leute sagen, dass das letzte Jahr sicher kein gutes gewesen sei, dass es aber allen Grund zur Hoffnung gebe, dass das kommende Jahr besser wird.

Die Leute sagen, dass man bis jetzt schon viel erreicht habe, dass man sich aber nicht auf den Lorbeeren ausruhen dürfe und sich weiter anstrengen müsse.

Die Leute sagen, dass die Niederlage sicher sehr bitter sei, dass man jetzt aber nach vorne schauen und weiter hart arbeiten müsse.

Die Leute sagen, dass es wichtig sei, die Menschen in unserer Gesellschaft zu unterstützen, die sich nicht selbst helfen können, dass man andererseits aber auch verhindern müsse, dass sie sich in der sozialen Hängematte ausruhen.

Die Leute sagen, dass es schon wichtig sei, sich seinen Tagesablauf frei einteilen zu können, dass es aber manchmal besser sei, eine fest vorgegebene Struktur im Leben zu haben.

Die Leute sagen, dass die Jugend die Zukunft des Landes sei, dass man dabei aber nicht die Alten vergessen dürfe, die viel für dieses Land geleistet haben.

Die Leute sagen, dass Mütter ruhig arbeiten gehen sollten, dass dies aber nicht auf Kosten der Kinder geschehen dürfe.

Die Leute sagen, dass noch mehr getan werden müsse, um Ausländer zu integrieren, dass sich aber auch andersrum die Ausländer noch mehr anstrengen müssten, sich anzupassen.

Die Leute sagen, dass man offen für Neues sein solle, dass man andererseits aber an bewährten Traditionen festhalten müsse.

Die Leute sagen, dass Meinungsfreiheit ein hohes Gut sei, dass sie aber auf jeden Fall dort ihre Grenzen habe, wo sie die Würde anderer Menschen verletze.

Die Leute sagen, dass es wichtig sei zu wissen, was man selber will, dass man aber auf keinen Fall vergessen dürfe, was die anderen wollen.

Die Leute sagen, dass Gewalt keine Lösung sei, sondern dass man Konflikte friedlich lösen müsse, und dass man auf Mitmenschen offen zugehen solle, anstatt ihnen mit Misstrauen und Neid zu begegnen.

Die Leute sagen, dass das Wahlergebnis ein sehr gutes sei, wofür man sich bei den Wählerinnen und Wählern herzlich bedanken wolle, dass man jetzt aber dieses Vertrauen durch harte Arbeit rechtfertigen müsse.

Die Leute sagen, dass man die NPD vielleicht schon verbieten sollte, dass es dann aber auch viel schwerer sei, sie zu kontrollieren.

Die Leute sagen, dass Manager zu viel verdienten, dass sie aber auch sehr viel Verantwortung trügen.

Die Leute sagen, dass die Lehrer wegen der wahnsinnig vielen Ferien ein tolles Leben hätten, dass man selbst aber nicht vor der Klasse stehen wolle.

Die Leute sagen, dass das Handy das Leben viel einfacher gemacht habe, dass es aber die Frage sei, ob die ständige Erreichbarkeit wirklich einen Zugewinn an Lebensqualität bedeute.

Die Leute sagen, dass manche Egoshooterspiele wirklich sehr gewalttätig seien, dass Computerspielen aber nicht automatisch aggressiv machen würde.

Die Leute sagen, dass es sicher gesünder sei, im Bioladen einzukaufen, dass sich das aber nicht jeder leisten könne.

Die Leute sagen, dass die Gesundheit der Nichtraucher sicher wichtig sei, dass man aber nicht die Freiheit und Eigenverantwortung der Menschen zu sehr einschränken solle.

Die Leute sagen, dass Gras sicher nicht ungefährlich sei, dass aber Alkohol viel schlimmer sei.

Die Leute sagen, dass es sicher viele Alkoholabhängige gebe, dass Gras aber grundsätzlich viel unberechenbarer sei.

Die Leute sagen, dass
Dabeisein alles sei,
der Wille zähle,
er nicht in den Ruhestand, sondern den Unruhestand gehe,
er mit einem lachenden und einem weinenden Auge gehe,
man doch Freunde bleiben könne,
man das doch alles nicht so gemeint habe,
er ihr doch nicht weh tun wollte,
aller Anfang schwer sei,
Harald Schmidt früher viel besser gewesen sei,
Nichts ohne sein Gegenteil wahr sei,
eine Watsch'n noch nie geschadet habe,

„gut“ das Gegenteil von „gut gemeint“ sei,
man fünfe grade seinlassen können müsse,
der menschliche Anstand dies und jenes gebiete,
eine Hand die andere wasche,
es ein Geben und Nehmen sein müsse,
es ohne Fleiß keinen Preis gebe,
wo gehobelt wird, Späne fielen ...

STOP!

Tag für Tag für Tag versinken wir in einem riesengroßen zähen Sumpf aus Phrasen, Selbstverständlichkeiten, Wiederholungen und Nörgelei. Und wenn dann eines schönen Tages dieser Sumpf austrocknet und der ganze brüchige Kitt aus seinen morschen Fugen der Gesellschaft bröckelt, und sich der ganze Schwindel verzieht, und die ganze Angst sich in Nichts auflöst, und der ganze Schmerz an die Oberfläche geschwemmt wird, und die ganzen anderen Emotionen auch, und wenn der Mensch endlich wieder frei atmen kann, frei denken, frei sprechen, frei fühlen und frei handeln,
ja dann gute Nacht.

Und vielleicht auch

Endlich wieder mal Party bei Hannes in Leipzig. Eigentlich fahr ich da immer gern hin. Aber ich habe jedes Mal Angst, dass bei Hannes das Bier ausgeht, zumindest alles Bier bis auf Weizen. Denn auch wenn sonst alles weggesoffen ist, Weizen ist immer da. Es trinkt aber keiner Weizen, außer Hannes. Kein Wunder also, dass

1. immer Weizen da ist, und
2. er später mal aussieht wie Hermes Phettberg.

Hannes verweist dann stehenden Fußes auf die einzige Feier, bei der uns mal das Bier ausging, aber wirklich nur, weil statt der erwarteten 20 dann 350 Leute auftauchten.

Daniel versuchte damals zu retten, was nicht mehr zu retten war und klingelte nachts um eins Timo raus, der immer 30 Bierkästen im Keller stehen hat und uns regelmäßig mit Unmengen an Weißenoher Dunkel belieferte, weil er vom Bierdealer für jeden gekauften Kasten einen in Plastik eingeschweißten Spielzeug-Bierlaster geschenkt bekam, worüber sich Timo ganz bizarr freute, weil er dann jeden Samstag und jeden Sonntag um halb fünf aufstehen konnte, um auf sämtlichen Flohmärkten der Region seine in Plastik eingeschweißten Bierlaster nicht zu verticken, sondern einzutauschen – nicht gegen Geld, nur zum Spaß. Wegen Timo hat mein Mitbewohner Andi jetzt ein

Alkoholproblem.
Aber Timo sollte man nicht nachts um eins wecken. Dann hat er nämlich einen Grund sauer zu sein, und dann schreit er in den fürchterlichsten Tönen und wird ganz rot im Gesicht. Aber ehrlich gesagt: Timo schreit immer rum, egal zu welcher Tageszeit, es sei denn, es kommt jemand Fremdes in die Küche, dann wird er ganz still und geht zwei Minuten später in Claudias Zimmer.
Dass Timo nachts um eins ausgerechnet den gutmütigen Daniel angeschrien hat, war problematisch: Daniel reagiert nämlich auf Druck von außen sehr empfindlich, auf Druck von innen auch. Man könnte ihn wohlmeinend als Stoiker bezeichnen, die Fiesen unter unseren Hausfreunden halten ihn für phlegmatisch. Ich mag das: So können wir nachts stundenlang SuperMario fahren, ohne uns mit unnötigen Gesprächen nervös zu machen. Daniel weigert sich übrigens seit dem nächtlichen Zwischenfall, Timos penetrante Bierlieferung anzunehmen.
Zurück zu Hannes' Feier. Klar wollen alle tanzen, aber neben seinem Weizen-Hang-up glänzte Hannes früher damit, seinen Quelle-Mono-Kassettenrekorder als DJ-Pult verkaufen zu wollen. Das nahm ihm natürlich niemand ab, aber es hat auch keiner getanzt, bis auf Jens, der sich sein Bier an der Tanke besorgt hatte. Seitdem bring ich von zuhause meine eigene Anlage mit, eine richtig laute, mit Mischpult und allem, und dann leg ich selber ein paar Stunden auf, damit überhaupt getanzt wird, denn wenn Hannes oder Holger auflegen, dominiert der 5/4-Takt, wenn Linsmeyer auflegt, 80´s Plastic oder schwuler

R´n´B und wenn Stefan ... – Na, hör mir auf.
Jedenfalls tanzen bei mir alle, auch die Mädchen. Und wenn sie nicht tanzen, kommen sie zu mir und wollen mich küssen, was mich dann etwas überfordert, weil ich erstens ein bisschen schüchtern bin und zweitens DJ-sein ein Knochenjob ist. Da müssen die Übergänge stimmen und die Beats und so. Ich leg immer dieselben 15-20 Lieder auf, vielleicht sollte ich die mir mal auf eine CD brennen, mit schönen Übergängen und allem, dann kann ich mich mehr auf die Mädchen konzentrieren. Was mir auf Hannes' Feier nicht vollends gelingt. Zum Küssen drängt sich ein adrettes Mädchen namens Conna aus Niedersachsen, welches in Hannes´ Psychologen-WG etwas abschätzig „Hemi-Neglect" genannt wird, weil sie angeblich einen Teil dieser Welt ausblendet, ich weiß bloß nicht mehr welchen. Um diesen Makel wissend, darf ich, um mein Ansehen bei Hannes und seinen Psychologen nicht zu ruinieren, mir keinesfalls anmerken lassen, dass ich Conna alles andere als uninteressant finde, zumindest was meine Kusswünsche betrifft. Auf diese hab ich mich mittlerweile beschränkt, weil meine letzten Versuche, umfassende Liebesbeziehungen aufzubauen, kläglichst gescheitert sind. Es lag aber nie an mir. Entweder ich liebe Frauen, die mich nicht lieben oder mich lieben Frauen, die ich nicht liebe.
Als ich neulich in Wien Hermes Phettberg gefragt habe, was für ihn Liebe bedeute, setzte er sein ausdrucksloses Froschaugengesicht auf und murmelte „Schmerz" und „Liebe ist wie Weinen". Phettberg ist ein fetter, schwuler Zyniker und redet von nichts anderem. Ich bin aber weder fett noch schwul noch

Zyniker. Also hab ich keinen Bock auf Schmerz, und dauernd heulen will ich auch nicht. Ich hab mich entschieden: Ich werde mich nicht mehr in Frauen verlieben, die mich nicht lieben. Dass sich Frauen in mich verlieben, die ich nicht liebe, dagegen kann ich nichts tun. Schade ist es schon, denn ich glaube, ich wäre nicht das schlechteste Los.

Egal, bleibe ich also erstmal beim Küssen. Als Conna ins Tanzzimmer stolpert, zu mir rübertänzelt und mir zuhaucht: „Wie groß stehen die Chancen, dass wir heute noch knutschen?“, brechen bei mir alle Dämme und ich sage das Schlimmste, was ein derartig begehrter Mann sagen kann: „50-50.“ Volltreffer. Conna stößt spitze Schreie aus, rupft sich an den Haaren und trommelt mit den Fäusten auf den Boden. „Schade“, sagt sie, „dabei kann ich so gut küssen.“ Mit einem ungewöhnlich pathetischen Ausfallschritt, der die Tanzenden über die Maßen irritiert, beugt sie sich zu mir herunter und gibt mir eine Probe ihres Könnens. Respekt.

Meine neue Abendbeschäftigung verbietet es mir in den Folgestunden, als Konsens-DJ den schwitzenden Mob weiterhin solide mit klar strukturierten Beats zu versorgen. Das übernimmt dann Georg. Nach zwei Liedern Michael Jackson und Commodores ist die Küche voll. Mehr Platz also auf der Tanzfläche für die bizarren Balzrituale zwischen Jens und Tils ehemaliger (wie Hannes sagen würde) „Liebsten“ Kerstin. Früher hieß das Freundin, Mausi, Hase oder Schatz. Tils Ex-“Liebste“ hatte bereits zuvor den Liam-Gallagher-Lookalike Max in einer Weise angetanzt, dass dieser sich Stunden später in der Küche offenkundig zutiefst angeekelt an der Schulter angetrunkener Halbbekanntschaften ausweint und ausgiebig aus Sennetts „Tyrannei der Intimität" zitiert. Jens hingegen beschränkt sich in seiner Analyse von Kerstins Tanzstil auf Attribute wie „akkurat einstudiert" und „robotermäßig".

Als Conna schon lange verschwunden ist und uns schlussendlich die Hormone ausgehen, einigen sich Jens und ich auf einen Ü-30-Schlafsaal. Wir beseitigen Bierleichen, -lachen und -flaschen, kuscheln uns aneinander und träumen von einer besseren Welt.

Hannes kommt im Januar aus Kuba wieder. Dann gibt´s wieder ne Feier in Leipzig. Vielleicht ist auch wieder Conna da, vielleicht auch Timo, wenn wir ihn mit der Aussicht auf ein Erdinger aus Claudias Zimmer rauslocken können. Und vielleicht auch die Liebe.

Kai & Aber

„Darf ich Sie ganz kurz sprechen, Herr Schmied?"
„Ja klar, Frau Krämer, aber wir müssen eigentlich gleich los. Der Busfahrer wartet schon."
„Nur ganz kurz, Herr Schmied. Also, in Norddeutschland läuft so'n Mann rum, der Kinder aus'm Schullandheim entführt, missbraucht und im Wald verscharrt!"
„Frau Krämer, ich kann Ihnen versichern: Wir fahren jetzt im neunten Jahr auf den Entenberg, und es ist noch nie was passiert. Aber selbstverständlich werden wir die Augen offen halten und fremde Personen sofort vom Gelände verweisen."
„Wissen Sie, Herr Schmied, ich hab einfach 'n bisschen Angst um meinen Kai, dem passieren immer so blöde Sachen, und deshalb …"
„Frau Krämer, bitte, dafür sind wir da, dass wir auf die Kinder aufpassen. Machen Sie sich mal keine Sorgen, okay? Schöne Woche wünsch ich Ihnen."

„Also Kinder, herzlich willkommen hier auf'm Entenberg, jetzt tut ihr erstmal eure Sachen auf's Zimmer, bezieht eure Betten – Kai, zuhören bitte! – dann könnt ihr noch 'ne halbe Stunde spielen, und um sechs gibt's Essen. Zimmerruhe ist heute um halb zehn und Licht aus um zehn."

„Erzählen Sie uns dann heut Abend 'ne Gruselgeschichte, Herr Schmied?"
„Nee, heut' nicht."
„Och bitte, Herr Schmied."
„Okay, mal schau'n."

„Herr Schmied, ich spiel so geil Tischtennis! Wollen Sie mit mir spielen?"
„Du weißt doch gar nicht, wie man den Schläger hält, Marco!"
„Aber trotzdem."
„Kai, hebst du bitte das Bonbonpapierchen auf?"
„Das ist doch gar nicht von mir!"
„Trotzdem bitte."
„Das ist aber vom Robin."
„Jetzt mach schon!"
„Herr Schmied, der Jan hat mir den Ball voll in die Fresse geschossen."
„Jan, warum hast du das gemacht?"
„Weil der mich Hurensohn genannt hat."
„Dafür hast du mich *Fickan* genannt."
„Äh, und wie heißt du richtig?"
„Furkan."
„Du hast recht, Furkan, das ist wirklich nicht schön. Hast du gehört, Jan?"
„Ist mir egal. Der Kai hat vorhin auch zu mir gesagt, dass meine Mutter fett ist und raucht. Hey Kai, deine Mutter ist fuck!"
„Jan, hör auf jetzt! Kai, hast du das mit der Mutter zum Jan

gesagt?"
„Nö."
„Hast du sehr wohl."
„Hab ich gar nicht, und außerdem hat der Jan gestern gesagt, dass er Ihren Unterricht scheiße findet."
O Mann! Darf man so einem kleinen zerbrechlichen Wesen direkt ins Gesicht sagen, dass es ein hinterfotziges Riesenarschloch ist? Oder muss man da pädagogischer vorgehen? „Du Kai, die anderen Kinder haben gesagt, sie finden es doof, dass du so lügst und petzt. Und wir Lehrer sind darüber auch sehr traurig ..." – *du kleiner Wichser!*

„So, Kinder, ihr wisst, unser Schullandheim hier am Entenberg ist ein christliches Haus, deswegen kurz vor jedem Essen immer ein kleines Gebet."
„Ich will aber nicht beten!"
„Es zwingt dich doch keiner, Alex, aber lass dich doch mal drauf ein, vielleicht gefällt's dir ja."
„Nee, tut's nicht."
„Woher willst du das denn wissen? Du kennst des doch gar nicht."
„Trotzdem. Ich will nicht!"
„Alex, verwandel es doch einfach in ein agnostisches Mantra der Liebe, in kosmisches Blätterrauschen."
„Hä?"
„Komm, is wurscht ... Luca und Sven, fangt ihr bitte noch nicht mit dem Essen an, bevor wir gebetet haben?"
„Ich wollt nur mal kucken, wie's schmeckt."

„Schau, die anderen warten auch noch. Und Kinder, vergesst ihr bitte nicht, Teller und Besteck nach dem Essen auf den Wagen zu stellen und euren Tisch dann noch abzuwisch…"
„Herr Schmied, können wir jetzt beten? Ich hab Hunger."
„Okee, dann fangen wir jetzt an. Will jemand beten? Äh niemand, okee, dann mach ich's halt selbst. Komm, lieber Jesus und sei unser Gast …"
„Das kenn ich von zuhause, Herr Schmied, und mein Bruder sagt am Ende statt Amen immer Scheiße."
„Lass jetzt gut sein, Christian … und segne, was du uns bescheret hast."
„Scheiße."
„Wer war das?"
„Der Kai."
„So Kai, jetzt kannst du dir mal fünf Minuten vor der Tür überlegen, was du da gesagt hast."
„Aber der Bruder vom …"
„Raus jetzt!"
„Herr Schmied, darf ich auch mal raus? Mir ist schlecht."
„Aber du musst was essen, Celine."
„Ich ess nix. Ich weiß eh schon, dass es mir nicht schmeckt. Und außerdem hab ich keinen Hunger."
„Und was ist mit Chips?"
„Ja, auf Chips schon."

„So, Kinder, Zimmerkontrolle. Nee kommt, Jungs, wie sieht's denn bei euch aus? Wem gehören denn die ganzen Klamotten

da auf dem Boden? So gewinnt ihr nie den Zimmerschönheitswettbewerb. Und außerdem stinkt's hier wie im Zoo."
„Das war der Kilian. Der hat'n Deospray oder sowas dabei und sprüht uns das dauernd ins Gesicht."
„Also, morgen räumt ihr auf jeden Fall mal auf hier. Gute Nacht dann, und Licht bleibt aus!"
„Herr Schmied, die Gruselgeschichte vorhin war voll fies. Ich hab echt Angst gehabt. Ist die in echt so passiert? Läuft da echt so'n Mann rum und nimmt Kinder mit?"
„Logisch, Kai, meinst du, ich lüg euch an?"
„Dann will ich jetzt nach Hause."
„Nee, komm, schlaf erstmal und träum was Süßes."
„Herr Schmied, ich hab irgendwie Angst, dass die NATO den Nico und mich heute Nacht tötet."
„Nee, Max, tut sie nicht. Ich pass auf. Gute Nacht dann."

„So Kinder, jetzt gibt's vor'm Bunten Abend noch schnell die Preisverleihung für den Malwettbewerb zum Thema *Mein Zuhause*. Ja spinn ich? Henri, du solltest doch 'n Bild malen und nicht dir mit den Eddings die Arme vollpinseln."
„Ja, aber das schaut doch voll schön aus."
„Nee, voll scheiße sieht das aus. Voll schön! Voll schön Hautkrebs kriegst du davon. Und, Henri, äh ... was ist denn mit dir? Warum weinste denn jetzt? O Mann ... Also, gewonnen hat zum einen die Larissa, deine Mama trägt auf dem Bild aber einen schönen Schleier."
„Das ist nicht meine Mama, das ist mein Hund."

„Dein Hund trägt aber einen schönen Schleier."
„Der heißt Fotzi."
„Hä? Wie heißt der?"
„Fotzi. Wie bei Fix und Fotzi."
„Hm. Schöner Name."
„Und gewonnen hat auch der Timo. Bei euch zuhause ist es aber schön aufgeräumt."
„Das macht meine Mama immer."
„Und dein Papa?"
„Der trinkt immer Bier."
„Äh, okay."
„Und, Kai, kann ich mal kurz mit dir reden? Auf deinem Bild liegt ein Junge in 'ner Blutlache im Wohnzimmer. Über sowas macht man keine Witze."
„Das ist kein Witz!"
„Äh, ja wie?"
„Meine Mama hat mich gehauen, und dann hab ich geblutet."
„Stimmt das jetzt wirklich oder erzählst du Scheiße, Kai?"
„Nee, das stimmt wirklich. Sie hat gesagt, ich soll vor sieben nach Hause kommen, und dann war ich erst um halb acht da, und dann hat sie mich ins Gesicht gehauen."
„Ja fuck. Kommt das oft vor?"
„Ja. Nö. Ab und zu halt."
„Ja, dann, äh, muss ich mal mit deiner Mama reden."
„Ich will aber nicht, dass meiner Mama was passiert."
„Nee, der passiert nix. Aber sie darf dich nicht hauen."
„Aber das war gar nicht so fest."

„Ist egal. Die darf dich gar nicht hauen."
„Ich will aber nicht, dass meine Mama dann böse ist."
„Warum soll'n die böse sein?"
„Weil ich was gesagt hab."
„Du Kai, ich kümmer mich drum."
„Herr Schmied, seit mein Papa tot ist, sagt meine Mama immer, dass sie so Angst um mich hat, weil ich immer so blöde Sachen mach, und dass sie mich nicht auch noch verlieren will."
„Du gehst nicht verloren, Kai, das versprech ich dir."

Sommer essen Liebe auf

Wenn nach dem strengen Regiment des Winters der Frühling kommt und die Sehnsucht brennt, ist der verdammte Sommer auch nicht mehr fern. Dann schlagen die Bäume aus und glückstrunkene Erlanger Berg-Besucher sich gegenseitig das entgleiste Antlitz blutig.

Dieses Jahr ist völlig ohne Grund die Hochzeitswut ausgebrochen. Jedes sich bietende Wochenende zwischen Mai und September haben Heiratswütige aus meinem Freundes- und Bekanntenkreis belegt. Da ich in einer amtlichen Hochzeitsband spiele, hab ich also gut Kohle gemacht und bin dadurch finanziell nicht mehr auf meinen regulären Job angewiesen. Trotzdem will ich noch nicht kündigen, denn als Musiker bin ich ja nicht verbeamtet, und wenn die Hochzeitswelle abebbt, bin ich froh um jede bürgerliche Tätigkeit, die mir das tägliche Brot sichert. Gekündigt hab ich aber einige Freundschaften, weil mir das mit den Hochzeiten zu viel wurde. Ich gebe zu, dass das meist noch andere Gründe hatte, z.B. dass manche meiner Ex-Freunde einfach nie Fragen stellen und ich deshalb davon ausgehen muss, dass sie sich nicht für mich interessieren, aber das ist ein anderes Thema, nachzulesen in meinen Aufsätzen „Drei Traumata und ein Traum“ und „Scheiß auf Freundschaft“.

Eigentlich hab ich ja nichts gegen Heiraten, aber warum

kirchlich? Ich hab keinen einzigen Freund, der mehr mit dem Christentum zu tun hätte, als dass er sich früher mal bei ’ner Schnitzeljagd in der CVJM-Kindergruppe im Wald verirrte.
Enttäuscht bin ich aber vor allem von den Freunden, die dem Agnostizismus anhängen, sei es aus Überzeugung oder weil sie aus der Not eine Tugend gemacht haben. Meine Top 3 der erbarmungswürdigsten Rechtfertigungsversuche der agnostischen Kirchenheirater lauten:

1. Jesus war eigentlich ’n ganz cooler Typ.
2. Wir heiraten ja evangelisch und nicht so spießig-konservativ katholisch.
3. Die Jugendweihe in der DDR war doch auch nicht der Burner.

Ich weiß nicht, was es ist, die Faszination des Ekels oder das Prinzip Hoffnung: Aber ich sitze dann jedes Mal trotzdem wieder in der Kirche und schaue mir das Elend an. Was ich da schon alles erlebt habe: schiefe Gesänge und gestammelte Fürbitten, die bei mir Angst und Panik auslösten; kotzende und schreiende Kinder, die verhindert haben, dass ich von der, laut Ohrenzeugen empathiefreien Predigt des angetrunkenen Pfarrers auch nur ein Wort mitbekam, miserable akustische Verhältnisse, die in einem Fall dazu geführt haben, dass das Ja-Wort nicht zu hören war und die Brauteltern anschließend schon aus rein rechtlichen Gründen die Wiederholung der Zeremonie forderten. Ich habe Langeweile, Zynismus und Gleichgültigkeit erlebt, aber natürlich auch Tränen, Stolz und Rührung. Das hat vielleicht mit dem Leben zu tun, aber doch nichts mit der Liebe.

Und genau deshalb freue ich mich schon jetzt wieder auf den deutschen Spätherbst, auf Oktober und November, wenn die einst ausgeschlagenen Bäume wieder kahl sind, und die Tage kurz und bleich, und die Nächte lang und schwer, und die Mantelkrägen hochgestellt und die Gesichter schmal, wenn der Nebel Straßen und Sinne verschleiert und Kälte, Dunkelheit und Feuchtigkeit durch jede Ritze kriecht, und wenn das Kindergeschrei verstummt ist, keine Schnitzeljagd, keine Hochzeiten, keine Trinkfeste, nur Stille ------

Jetzt endlich kann sich die Liebe entfalten.

Und dann ist wirklich Sommer.

No School

Vielen Dank, danke schön. Meine Damen und Herren. Es ist eine große Ehre für mich, hier mit all den amtierenden Poetry-Slam-Champions auf dieser Bühne stehen zu dürfen, und das nur, weil ein paar Deppen ständig im Netz hängen und sich 'n bissl zu oft so 'n Clip auf Youtube angeschaut haben, in dem man 'n Haufen dumm rumquatschender Vollidioten in 'nem Klassenzimmer sehen kann.
Aber, liebe amtierende Slamchampions, ihr seid euer Amt irgendwann los. Ich jedoch werde meinen Titel auf ewig behalten, zumindest solange meine Mutter 300 Mal am Tag das Video anklickt. Mama, du gehörst natürlich nicht zu den Deppen! Mama, ich liebe dich!
Dieser Ruhm, meine Damen und Herren, hat natürlich auch seine Schattenseiten. *Byper… irgendwas, du bist doch dieser Lehrer! Ah, cool, machst du wieder 'ne Herr Schmied-Geschichte? Herr Schmied, Herr Schmied, voll süß!* Nee, sorry, ich hab da keinen Bock mehr, immer wieder dieselben absurden Typen und abgefahrenen Geschichten und hektischen Dialoge und alles!
Deshalb, meine Damen und Herren, hab ich mir letzte Woche einfach 'n paar Punkte aufgeschrieben, über die ich eh mal reden wollte, so ganz ohne Story und Bilder und Pointe. Ich hab das mal 'n bissl gegliedert, ist dann ja auch für Sie

überschaubarer.
Anfangen möchte ich mit dem Punkt Schule, so ganz lässt mich dieses Thema natürlich nicht los. Da geht's mir heute zunächst um drei Dinge: Vertrauen, Freundlichkeit und Fröhlichkeit.
Punkt eins a: Vertrauen.
Lehrer, diese faulen Beamtensäcke, muss man regelmäßig an ihre Aufgaben und Pflichten erinnern, weil sonst immer mehr ihre Freiheit ausnutzen und sich auf Kosten anderer 'n faulen Lenz machen: „Herr Schmied, es hat bereits gegongt, Ihre Schüler warten bereits auf Sie!" - „Herr Schmied, denken Sie an Ihre Pausenaufsicht!" - „Herr Schmied, Sie dürfen Ihre Schüler erst nach dem Gongschlag rauslassen!" Meine These geht in eine andere Richtung: In einem Arbeitsverhältnis, bei dem man bei kleinen Kindern tatsächlich Waterboarding anwenden muss, um entlassen werden zu können, wird es immer Menschen geben, die sich abseilen, egal ob man sie kontrolliert oder nicht. Wenn man aber diesen unglücklichen, durch ihre berufliche Sicherheit zum Phlegma verdammten Spießern uneingeschränktes Vertrauen entgegenbringt, wird die, durch den fehlenden Kontrolldruck unter Umständen erhöhte Zahl an Abseilern ganz locker ausgeglichen durch die Motiviertheit und positive Energie derjenigen, die vom Licht dieses Vertrauens durchflutet werden.
Bei Schülern ist das übrigens ganz anders: Wenn man denen Vertrauen und Freiheit schenkt, gehen sie nach Hause. Die haben das System begriffen.
Punkt eins b: Freundlichkeit.

Ich halte es für die verdammte Pflicht eines jeden Menschen, einem anderen Menschen erstmal freundlich entgegenzutreten, egal ob im richtigen Leben oder eben in der Schule. Und je mehr Verantwortung man hat, finde ich, desto größer ist auch die Verantwortung, freundlich zu sein. Keine Ausreden mehr von wegen: „Du weißt doch, wie's gemeint ist" oder „Der Klaus Kinski war auch nicht freundlich, der war halt so." Nein! Da muss man hingehen und *STOPP* sagen! So nicht! Freundlich sein!

Denn ein freundliches Lächeln, meine Damen und Herren, öffnet nicht nur schwere Eisentore, sondern es macht auch hübsch und attraktiv. – Nicht vergessen, sonst hau ich dir auf die Fresse, du Wichser!

Und dritter Punkt: Fröhlichkeit.

Wenn man bei all dem Gejapse und Gehetze durch den Schulalltag mal innehält und sich fragt: Was ist denn letztendlich das Ziel von Schule? Und gleich dahinter die nächste große Frage: Was ist denn letztendlich das Ziel vom Leben? Dann sag ich: Ein fröhliches Herz. Ich will fröhliche Schüler. Ich will fröhliche Lehrer. Ich will fröhliche Menschen. Vielleicht muss man das einfach mal so stumpf sagen.

Was ist das für ein Scheißleben, mit so 'ner Fresse rumzulaufen und anscheinend zu hoffen, dass dieses Leben bald vorbei ist? Und wenn du als Verfechter des alten Gymnasialgedankens erwiderst: „Wer viel weiß, ist fröhlich!" Dann sag ich: Schwachsinn, du Bastard! Hitler hat viel gewusst, und war der fröhlich? Das bringt mich zu meinem zweiten Hauptpunkt: Edgar

Wasser.
Ein junger Münchner Rapper und ebenfalls Freund lustiger Hitlervergleiche, aber eben nicht nur, weil sie lustig sind, sondern weil er damit Menschen provoziert, die unter Vergangenheitsbewältigung das empörte Reagieren auf vorbelastete Signalwörter verstehen. „Gymnasium ist wie Hitler? Das darfst du nicht sagen!" Ich sage: Stimmt, aber nur, weil Gymnasium kein Mensch ist.

„Heute nutzen wir uns're gute Laune aus,
so als wär' sie 'ne chinesische Fabrikarbeiterin.
…
Ich geh' auf eBay und biete Parole.
Pädophile Kannibalen essen Kinderportionen!
…
Ich will nicht für etwas sein, sondern gegen was,
doch wie protestiert man gegen Aidskranke in Afrika??"

Wenn ich Edgar Wasser höre, fühle ich mich oft ertappt und irritiert, fast verunsichert, und so wird mein Mitnicken zu Kopfschütteln. Wenn ich Edgar Wasser höre, sehne ich mich trotz und wegen seiner Quatschmacherei nach Wahrhaftigkeit, nach Wahrheit.
Gleich weiter zu Punkt drei meiner Liste: die Beschneidungsdebatte.
Warum sucht sich eine Religion in ihrer Frühphase als heiliges Ritual, das sie dann ungestört jahrtausendelang praktizieren

möchte, ausgerechnet die Beschneidung menschlicher Lustgefühle aus? Warum nicht dem Kind ein Arschgeweih in den Steiß ritzen? Warum einem Säugling nicht steril und fachmännisch das Nasenbein brechen? Warum einem Neugeborenen nicht elegant das Schultergelenk auskugeln (und dann natürlich wieder einrenken – KNACK)? Aber warum die Vorhaut? Warum tut sie das bloß? Aber das nur nebenbei.

Wenn religiöse Rituale in einem aufgeklärten Land nicht hinterfragt werden können, ohne dass gleich die Antisemitismuskeule geschwungen wird, ist das perfide oder dumm. Ist doch logisch, dass ein heikles und komplexes Thema vorsichtig und differenziert debattiert werden muss! Ist doch logisch, dass da auch immer ein paar Nazis und andere ideologisch verbohrte Arschlöcher mitrülpsen, wenn sie eine Luke zur Verklappung ihres Durchfalls erspähen! Das muss ich doch nicht jedes Mal extra erwähnen. Man muss doch nicht jede Debatte von vorn beginnen. Wir sind doch nicht in der Sonderschule!

Da sind wir auch schon beim vierten und letzten Thema: Neulich - Schande über mich - hab ich Comedy verteidigt: „Ist halt Geschmackssache!" –„An Lachen ist doch nichts verkehrt!" – „Leichte Unterhaltung ist doch auch ... äh ... Unterhaltung" usw. Prompt seh ich am nächsten Tag Ingo Appelt im Fernsehen und muss alles zurücknehmen: Comedy ist tatsächlich reaktionäre Scheiße! Männer wollen ficken und saufen, Frauen reden und shoppen. So weit so elend so bekannt. Aber die eigentliche Tragödie hat sich mir erst offenbart, als die Kamera in Nahaufnahme ins amüsierte Comedy-Publikum schwenkte. Diese

Angestrengtheit, diese Leere, diese Distanz, diese Sehnsucht nach Schönheit und Wahrheit – da sind wir wieder bei Edgar Wasser. Comedy ist vielleicht nicht die Ursache, zumindest aber ein Bestandteil der Betäubung, die notwendig ist, um die Menschen zufrieden ermattet, merkwürdig traurig und damit unter Kontrolle zu halten.
Deshalb liebe ich Poetry Slam, weil hier...

„Herr Schmied?"
„Ja, Marco, was denn?“
„Das, was Sie machen, ist doch auch Comedy, oder?"
„Was denn zum Beispiel?“
„Na, das im Internet, beim Biber-Cup, wo Sie mitmachen. *Herr Schmied, mein Meerschweinchen ist gestorben, aber ich hab ja noch zwei andere.* Ha, wie lustig!"
„Du musst es ja nicht anklicken, wenn's dir nicht gefällt.“
„Ich find's kacke."
„Na, wie g'sagt...“
„Noch was, Herr Schmied. Meinen Sie das ernst, was Sie gerade alles gesagt haben?"
„Na logisch.“
„Und warum sind Sie dann immer so schlecht gelaunt bei uns in der Klasse?"
„Bin ich doch gar nicht.“
„Doch, sind Sie sehr wohl, vor allem zu mir."
„Na, du hast es ja auch verdient ... Kevin.“
„Warum?"

„Weil du nie deine Hausaufgaben machst und mit'm Basti schwätzt."
„Herr Schmied, heißt das, dass man ruhig unfreundlich sein darf, wenn man 'n Grund hat?"
„Also ... äh ..."

Sehen Sie, meine Damen und Herren, so einfach geht das, ab ins Klassenzimmer, 'n paar hektische Dialoge mit süßen, unschuldigen und dämlichen Kindern und – *zack* – ist die Schärfe raus den Themen. Man ist amüsiert und gerührt ob so viel kindlicher Direktheit und Lebensfreude ...

„Sind Sie auch beschnitten, Herr Schmied?"
„Das geht jetzt zu weit, Timo. Geht dich überhaupt nichts an."
„Also, mein Papa ist auch beschnitten, und wenn er dann mit meiner Mama ..."
„Wollen wir das wissen, Timo?"
„Also, unsere Hecke ist auch beschn ..."
„Hör auf jetzt!"

Sehen Sie, meine Damen und Herren, es geht einfach weiter. Sind sie nicht süß, die Kleinen? Es hört nie auf!

„Was hört nie auf, Herr Schmied?"

Also, ich mach jetzt mal Schluss, viel Spaß noch hier mit all den amtierenden Stars und Sternchen aus Film, Funk und

Fernsehen, tschau und danke schön.

„Danke auch, Herr Schmied, tschüß und bis morgen dann."

Verstehen Sie, was ich meine?

„Herr Schmied, Sie sind doch Beamter, oder?"

Amtierend! Für immer und ewig.

Nicolas Schmidt ...

... wurde im kanadischen Ottawa geboren und wuchs im mittelfränkischen Lauf an der Pegnitz auf. Er studierte Englisch und Sozialkunde auf Lehramt in Erlangen, wo er nach einigen berufsbedingten, mehrjährigen Ausflügen in andere Städte heute noch lebt und arbeitet.

Nicolas Schmidt tritt seit über 20 Jahren als Musiker auf. Unter dem Pseudonym „Bybercap“ ist er seit 2005 bei Poetry Slams aktiv und war mehrfach Teilnehmer bei den alljährlichen Deutschsprachigen Meisterschaften. Sein 2009 in Ulm gefilmter Text über eine eskalierende Unterrichtsstunde der Lehrerfigur „Herr Schmied“ avancierte mit über einer Million Klicks zum meistgesehenen Poetry-Slam-Clip auf Youtube.

Seit 2012 geht Nicolas Schmidt auch mit seinem abendfüllenden Programm „Herr Schmied liest, singt und legt auf“, einer Mischung aus Slamtexten und Folksongs, auf die Bühne.

„Dem Herrn Schmied sein Tagebuch“ ist seine erste eigene literarische Veröffentlichung.

Edition Mundwerk

Lesebühnenliteratur, Poetry Slam, Kabarett bei Periplaneta

Mundwerk ist Bühnenliteratur. Kurz, knackig, manchmal sehr lustig, durchaus auch schmerzhaft, mitunter frech und gern nonkonform. In dieser Edition erscheinen überwiegend Hybriden, also Bücher mit CD (oder umgekehrt).
Die CDs sind auch als digitaler Download zu haben und die Bücher erscheinen seit Anfang 2012 auch als E-Book für Kindle, iPad, iPhone und Android...
Bühnenliteratur ist anders, aber sie ist weitaus besser als ihr „Ruf" in den vermeintlich renommierten Literaturkreisen. Nichts hat die schreibende Zunft in den letzten Jahren so sehr beeinflusst und nichts kann so souverän zwischen Comedy und Kabarett, Popkultur und Literatur vermitteln.
Und nichts ist mehr ansatzweise so „independent".
Unsere Mundwerk-Autoren sind Live-Literaten, viele sind als Poetry-Slammer unterwegs und/oder treten regelmäßig auf Lesebühnen auf.

Ebenfalls erschienen

CLARA NIELSEN:
„Windschattengewächs“

Buch & CD, ISBN: 978-3-943876-53-6

Clara Nielsen gehört zu den bekanntesten Slam-Poetinnen Deutschlands. Ihre bildhafte und doch ungekünstelte Poesie und ihre koketten Texte drehen sich um so weltbewegende Themen wie Windwatte, Farben, Knopflöcher, Jahreszeiten, Energiesparen, die Relativitätstheorie, die Liebe und um Fußball. Sprachverliebt und scharfsinnig verführt sie zum Träumen, Erinnern, Nachdenken - und zum Lachen - manchmal all das auf einmal - in nur drei Minuten.

LUCAS FASSNACHT:
„Ottonormalverbraucht“
Betroffenheitspoesie in schmerzlosen Dosen

Buch & CD, ISBN: 978-3-940767-85-1,

Lucas Fassnacht ist Slam-Poet und Autor. Bei seinen Auftritten auswendigt er meistens Gedichte subversiven Inhalts in einzigartiger Vortragsweise. „Ottonormalverbraucht“ ist grandioses „Slam-Kbarett“. Die beiliegende CD enthält einen Livemitschnitt des Programms.

LEA STREISAND:
„Berlin ist eine Dorfkneipe“

Buch & CD, ISBN: 978-3-940767-78-3

Lea Streisand ist Autorin und Schriftstellerin und liest seit 2003 auf Lesebühnen. Quasi weltweit. Regelmäßig bei Rakete 2000 in Berlin Neukölln. Lea schreibt für die Taz und hat Geschichten in zahlreichen Anthologien veröffentlicht. 2009 erschien ihr Hörbuch “Wahnsinn in Gesellschaft” bei Periplaneta, 2012 folgte “Berlin ist eine Dorfkneipe” als Buch mit CD. So haben Sie Berlin noch nie gesehen.